Bibliografische Information der Deutschen Nationalbibliothek:
Die Deutsche Nationalbibliothek verzeichnet diese Publikation in der
Deutschen Nationalbibliografie; detaillierte bibliografische Daten sind
im Internet über http://dnb.dnb.de abrufbar.

© 2021 Gerold Ruckgaber
Herstellung und Verlag: BoD – Books on Demand, Norderstedt

ISBN: 978-3-7534-5925-7

Fast ein Jahr nach dem ersten Teil,

"Wolves - a progressive Fantasy-Story",

haltet ihr nun den zweiten Teil,

"Wolves 2 - the Story continues...",

in Händen.

Die Geschichte von Birgit und Geralt geht weiter.

-Wiederum begleitet von Familie, tollen Freunden, fiesen Gegenspielern und natürlich grandioser Musik.
(-die man aber leider nur hören und nicht lesen kann!)

Viel Spaß beim Lesen!

-Ein ganz besonderer Dank gilt meiner "Inspiration" für diese Geschichte, -und dass ich Sie nach dreiundvierzig Jahren wieder neu kennenlernen darf!

Gerold Ruckgaber

Wolves 2

- the Story continues...

Wolves 2 - the Story continues...

My Destiny

-Wolfsinstinkte sind mir angeboren,
in meinem Innern schläft ein Tier!
-Menschlichkeit geht dann verloren,
wenn es erwacht in mir!

Den Blick auf Mond und auf die Sterne,
die Augen leuchten voll gleißendem Licht.
Ich rieche Angst schon aus der Ferne,
-Vergebung und Mitleid kenne ich dann nicht!

Durch des Vollmonds blassen Schimmer,
ist der Wolf in mir erwacht.
So verwandle ich mich schließlich,
und werde zur Bestie der Nacht!

Doch ich kann es kontrollieren,
Vernunft behält die Oberhand.
…auch wenn die Sinne manchmal gieren,
regiert doch meistens der Verstand!?

IV - Moonglow

1 ("The Hunter" - GTR)

Meine Augen glühten mit dem gleißenden Mondlicht um die Wette.
Tiefgeduckt lag ich im gefrorenen hohen Gras und beobachtete jede
Ihrer Bewegungen.
Das leichte Baumwollhemd und die Jeanshose saugten die Feuchtigkeit
auf, es war eiskalt, -aber das störte mich nicht.
Dunkler Dreck sammelte sich unter meinen langen, spitzen Krallen die
nervös in der gefrorenen Erde scharrten.
Ich hatte die Beute ausgewählt und fixierte sie mit meinem Blick.
Das Lämmchen hatte mich bemerkt und hüpfte mit ängstlichem Blöken
aufgeregt hin und her. Der Schafbock wiegte seinen Kopf von oben
nach unten und stieß mit seinen Hörnern imaginäre Löcher in die Luft.
Er hatte mich schon lange wahrgenommen.
Eingepfercht in ihren wenigen Quadratmetern lief die kleine Herde
panikartig umher.
-Aber sie konnten nicht weg.

Ich war der Jäger, -und sie meine Opfer!

Langsam richtete ich mich auf und streckte mich.
Ich machte mir nicht mehr die Mühe mich anzuschleichen oder
vorsichtig zu sein.
Mit Leichtigkeit sprang ich über den Zaun ohne das kleine Schaf aus
den Augen zu lassen.
Geifer lief mir unkontrolliert von meinen längen Reißzähnen und ein
leichtes Knurren drang aus meiner Kehle.
Der Schafbock rannte mutig mit gesenktem Schädel auf mich zu und
ich wischte ihn mit einem mächtigen Schlag meiner klauenbewehrten
Arme zur Seite. Er knallte gegen den stabilen Lattenzaun und blieb
röchelnd liegen.
Erschreckt, -verzweifelt und voller Todesangst liefen die restlichen
Schafe total verstört in ihrem Gefängnis umher.
Manche versuchten über den Zaun zu springen und verletzten sich am
Stacheldraht der obenauf befestigt war.

Der Geruch von warmen Blut lag über Allem!

Mit zwei, drei schnellen Schritten und meinen langen ausgebreiteten Armen drängte ich das Lamm in eine Ecke des Pferches.
Es zitterte, blökte,
-die kleinen Beinchen scharrten im Fluchtreflex,
-aber es konnte nicht mehr vor mir weglaufen.
Seine dunklen, kleinen Äuglein waren in Panik auf mich gerichtet.
Das letzte was sie sahen waren meine leuchtenden gelben Augen und meine wolfsähnliche Schnauze, bestückt mit langen scharfen Reißzähnen.

Ich spürte wahnsinnige Gier, gnadenlose Wildheit und unaufhaltsame Macht!

-Ruckartig und erschrocken richtete ich mich auf.
Ich war schweißgebadet!
Die Alpträume kamen wieder zurück.
-Das war kein gutes Zeichen!!!

2 ("Moonmadness" - Camel)

Irgendetwas kündigte sich an?
Es war ein Tag vor Heilig Abend.

"Wann wollen wir es unseren Eltern sagen?"
Birgit lag ausgestreckt auf dem Bett und hatte die Hände über ihrem Bauch gefaltet.
"Hhm!?"
Ich kniete vor der Musikanlage und meine Finger suchten über meine Schallplatten.
"Wie wärs mit German Rock Scene? Jane, Novalis…?"

"Geralt! -Ich hab Dich was gefragt!"
Sie richtete sich auf.
"Die zwei Feiertage wären doch ideal.

Am ersten bin ich bei Euch eingeladen und am zweiten kommst Du mit deiner Mutter ja zu uns!"
"Ja, -ich denke auch dass das passt. Je früher desto besser. Dann brauchen wir nicht Versteck spielen."

Ich sah zu ihr.
"Was denkst Du wie sie reagieren?"
"Ich weiß es nicht, Geralt. Aber ich glaube deine Mutter ahnt etwas. Sie sieht mich ganz anders an als vorher. Und als ich gestern nach dem Christbaumschmücken keinen Glühwein wollte, hat sie auch nicht nachgefragt, -sondern irgendwie nur wissentlich gelächelt!"
"Hm, stimmt, jetzt, wo Du es sagst!"

Meine Wahl fiel dann auf "Moonmadness" von Camel.

Ich setzte mich zu ihr aufs Bett und streichelte ihren kleinen Bauch.
"Tja, aber was werden deine Eltern sagen?"
Meine Stimme klang unsicher.
Jetzt richtete sie sich auch auf.
"Meine Mutter wird es akzeptieren und mich, - uns unterstützen. Bei meinem Dad weiß ich nicht so recht. Er ist halt doch sehr straight. Schule, Ausbildung, Beruf!
Und es ist halt auch sehr vieles passiert.
Ich bin mir nicht so sicher wie er reagieren wird?"

Ich nahm sie in den Arm.
"Weißt Du, ich bin mir auch selber nicht so ganz im Klaren?"
Jetzt blickte sie mir in die Augen.
"Wie meinst du das?"
Ich drehte mich zur Seite.
"Ja halt wegen Mir!!!"

Es dauerte einen kurzen Moment, dann legte sie ihre Hände auf meine.
"Hey! -Das darfst du nicht denken.
Seit vier Monaten ist nichts mehr passiert. Du hast Dich und Deine Bestimmung unter Kontrolle und alle unterstützen dich dabei.
Geralt, -ich kann es sagen.
Ich liebe Dich sehr und ich weiß dass wir gute Eltern sein werden, auch wenn wir so jung sind. Wir dürfen uns nur nicht gehen lassen!"

Ich schnaufte hörbar ein.
"Hm, okay. Sorry dass ich wieder blöd war."
Sie führte meine Hände wieder auf ihren Bauch.
"Und ich spüre in meinem Inneren dass Alles gut wird!"
Wir kuschelten unter die Decke und es dauerte nicht lange da schlief sie ein.
Bei mir dauerte es ein Weilchen länger.

3   ("There is more to this world" - Flower Kings)

Heilig Abend.

Als Birgit aufwachte saß ich im Sessel und hörte über Kopfhörer Beatles.
Ich nahm die Hörer ab.
"Na, gut geschlafen?"
"Ja, und Du?"
"Geht so!"
-Gelogen.
Sie stand auf, kam zu mir und gab mir einen Kuss auf die Wange.
"Ist Sonja schon auf?"
Sie nahm ihre Jeans und Pullover.
"Hab sie noch nicht gehört!"
"Oh gut, dann ist das Bad frei. Ich geh Duschen. Und Du, mein Lieber, -kannst uns Frühstück machen!?"
"Bist Du jetzt meine Mutter???"
"Nein, -aber es ist Weihnachten, und da ich ja ein Engel bin, hab ich alle Wünsche frei!"
Sie strahlte mich an und sah wirklich wie ein Engel aus.
-Wer könnte da "Nein" sagen?

Es dauerte nicht lange, da kam meine Mutter im Morgenmantel in die Küche.
"Guten Morgen. Was ist denn hier los. Seit wann machst Du Frühstück?"
"Befehl von Oben!" Und ich deutete zum ersten Stock.

"Und schließlich ist heut Weihnachten!"

Kurz darauf saßen wir zum Frühstück.
"Kommst heute mit ins Heim?"
Die Frage meiner Mutter galt mir.
"Ja, ich hab für Pa einen Foto-Kalender gemacht mit Bildern von uns
und ein paar von seinen Bergtouren. Vielleicht erinnert er sich ein
bisschen?"
"Das glaub ich zwar nicht mehr, aber mich freut`s dass Du mitgehst."

Birgit stand auf und räumte ihr Geschirr in die Spüle.
"So, ich muss jetzt los. Wir bekommen heute Besuch von meiner Tante
und ich hab versprochen dass ich noch im Haushalt helfe. Aber wir
sehen uns ja dann morgen.
Bis wann soll ich denn kommen?"
"Also Essen wird`s gegen achtzehn Uhr geben, -aber Du kannst
kommen wann du möchtest. Ich bin da."
Sie drückten sich.
"Aber, -wie ausgemacht. Keine Geschenke!"
Mutter hob mahnend den Zeigefinger.
Mit einem Kopfnicken zwinkerte mir Birgit zu.

"Ich geh noch ein Stück mit Dir."
Es war kalt und es roch nach noch mehr Schnee.
Wir gingen nebeneinander her und irgendwie tat die Kälte auch gut.
"Was machst heute noch?"
Ich konnte unter Mütze, Schal und hochgestelltem Mantelkragen
gerade so noch ihre Augen erkennen.
"Hm?"
"Ist das Alles? - So viel???"
Jetzt veräppelte sie mich.

"Heute Mittag zu Pa. Dann werd ich mit Ma zusammen Essen und
vielleicht geh ich dann noch ins Jugendhaus?"
"Magst Du`s Ralf und Heike sagen?"
"Nein, das machen wir auch morgen zusammen."
Wir waren in Ihrer Strasse angekommen und ich war froh darüber.
Hatte keine Lust mehr zum Reden.
"Also, bis morgen."

Ich nahm sie fest in den Arm und wir küssten uns.
Ich spürte, dass sie spürte, dass mich irgendwas bedrückte.
"Geralt, - schöne Weihnachten, -es wird alles gut! Bis morgen."
Ich drehte mich um und stapfte davon.

Es ist schwer für mich es zu erklären. Ich fühlte mich gefangen,
eingesperrt und irgendwie auch einsam.

Lonely Wolf!? - Sonderbar!

4 ("Beauty of the Beast" - Nightwish)

Um halb Acht, nach dem Essen, machte ich mich auf den Weg ins
Jugendhaus.
Ich hoffte dass vielleicht Schaufel oder Fräulein da sein würden?

Schwungvoll öffnete ich die Tür und im gleichen Moment fiel mir eine
grellrote Haarpracht entgegen.
Sie prallte gegen meine Brust und hielt sich an mir fest.
Mit der freien linken Hand fing ich ihr Cocktailglas auf.

"Hubsi!! Det war ne Reaktion. Danke."
"Sorry, mein Fehler."
Sie lehnte noch immer an mir.
"Hi, ich bin Steffi. Aber alle nennen mich nur Hexe.
Woran det wohl liegt?"
Sie schüttelte ihre langen roten Haare und strahlte mich an.
"Ich bin Geralt."
Sie löste sich von mir.
"Ach ne, du bist also der Wolf!?"
Sie musterte mich.
"Na det glaub ich jetzt nich! Bist noch ne Weile hier? Muss kurz wohin.
Nimm mein Glas mit rein, bin gleich wieder da!"
"Hhm!"
Sie ließ mich stehen.
Was war das denn?
Ich ging zur Couchecke und nickte im vorbeigehen Ralf zu.

Der hatte am Tresen alle Hände voll zu tun mit einigen angetrunkenen Gästen.

Nach kurzer Zeit kam er mit einem Bier in der Hand.

"Frohe Weihnachten!"

"Danke, Dir auch!"

"Und, wie war`s mit Ma?"

Er war heute bei Heikes Eltern eingeladen und wollte ja morgen Abend mit Heike zu uns kommen.

"Das übliche."

Ich stieß mit ihm an.

"Wir haben gegessen und jetzt schaut Ma ihre Sendungen im Fernsehen an. Darf bis elf Uhr weg. Ist ja Weihnachten."

Steffi kam zurück und drängte sich zwischen uns.

"Bringst du mir noch so ein Getränk?" sagte sie zu Ralf.

"Klar doch. Normalerweise Selbstbedienung, -aber für Dich immer!"

Er zwinkerte ihr zu und im vorbeigehen flüsterte er.

"Pass auf dich auf Großer, -sie ist ne Hexe!"

Sie setzte sich sehr dicht neben mich.

Zu dicht.

"Du bist nicht von hier?"

Mehr fiel mir momentan nicht ein.

"Na du bist mir ja nen ganz Schlauer! Det haste gehört mit deinen spitzen Ohren!?"

Jetzt nahm sie mich auf den Arm und strich mir mit der Hand die Haare nach hinten.

Unverhohlen kraulte sie mich am Ohr.

Ich konnte nicht behaupten dass mir das unangenehm war.

"Erzähl mir was von Dir!"

Jetzt wurde es mir unangenehm.

Ich stand auf.

"Ich muss auch mal wohin!"

"Komm aber wieder!?"

"Hhm!?"

Einer der angetrunkenen an der Theke war Stefan. Er war öfters hier.

Ich konnte ihn nicht leiden.

Ich glaube keiner aus unserer Clique konnte es.

Er war, wenn man es so ausdrücken konnte, ungehobelt. Hatte dumme Sprüche auf Lager, überlegte auch nicht was er sagte. Und das was er dann sagte wollte man auch nicht unbedingt hören.
Aber er war groß, breitschultrig und machte Eindruck.
Und meistens betrunken.

Auf dem Weg zum WC musste ich an ihm vorbei.
"Wo ist denn heute deine andere Kleine?"
Er blickte mich dabei hämisch an.
-Keine Dummheiten!
Ich beachtete ihn nicht und ging auf die Toilette. Dabei konnte ich ihn noch Lachen hören.

"Sie sitzt wohl mit breiten Beinen zuhause auf dem Sofa und wartet auf mich?", raunzte er mir entgegen als ich zurückkam und fuchtelte mit seiner Bierflasche.
Nein, ich sollte mich nicht provozieren lassen und wollte weitergehen.
Er streckte seinen Fuß vom Barhocker aus und versperrte mir so den Durchgang.
"Die bummst doch nur mit Dir, weil sie mich nicht kriegen kann!!"
Jetzt wurde er persönlich.

Ich blickte ihn an und holte flach Luft.
Er zog seinen Fuß zurück und wollte aufstehen.
In dem Moment packte ich seinen Arm, hebelte ihn aus dem Barhocker über meine Schulter und warf ihn rücklings zu Boden.
Seine Bierflasche schlug knapp neben seinem Kopf auf. Mit meinem linken Fuß trat ich auf seinen rechten Arm. Mein rechtes Knie mit meinem ganzen Körpergewicht stemmte sich knapp unter seiner Kehle auf seinen Brustkorb. Seinen anderen Arm drückte ich mit meiner Rechten zu Boden.
Die Finger meiner flachen Hand befanden sich knapp vor seinen Augen und meine Fingernägel wurden für einen kurzen Moment zu langen, spitzen Klauen.

Er konnte es genau sehen, …-aber nicht verstehen!?
Und er bekam Angst,
- ich konnte es sofort riechen!
Und es machte mich wild.

Und gierig.
Aber es durfte nicht sein.

"Wuchty! Hör auf!"
Es war Ralf der um die Theke herum auf mich zusprang.
Sofort hatte ich mich wieder unter Kontrolle und stand auf.
"Schon gut, entschuldige, -das Bier geht auf mich."
Ich stand auf und zog ihn am Arm hoch.
Er verstand noch immer nicht was gerade passiert war und schaute
mich verwundert an,
"Es ist besser wenn du jetzt gehst und deinen Rausch ausschläfst!
Darfst morgen gerne wiederkommen."
Ralf sagte dies eindringlich zu Stefan. Dieser nickte nur kurz und ging
dann ungläubig.

Ralf nahm mich am Arm.
"Musste das sein?"
"Hm? Glaub ja, er hat mich provoziert und Birgit schlecht gemacht.
Was hättest Du denn getan?"
"Ja, wahrscheinlich noch eine geballert!", entgegnete er .
"Aber ich hab auch deinen Ausdruck und deine Fingernägel gesehen.
Geralt!
- Lass es nicht zu! Du musst dich in solchen Situationen mehr
zurückhalten!?"
"Vielleicht will ich das ja nicht mehr!"
Mit diesen Worten ließ ich ihn stehen und jetzt schaute er mir
verwundert hinterher.

In der Couchecke setzte ich mich wieder neben Steffi.
"Mann, det war ja mal ein Auftritt."
Ihre Wangen glühten und ich konnte ihre Erregung spüren.
Mir wurde auch warm.
"Da brauch ich ja vor niemandem mehr Angst zu haben wenn ich mit
dir unterwegs bin!"
"Oh doch."
Meine Augen hatten wieder einen gelblichen Glanz und ich leckte mir
die Lippen.

"-Vor mir!"

"Gehen wir doch woanders hin. Hier schauen jetzt alle nur noch auf uns?"
Sie stand auf und hielt mir ihre Hand entgegen.
"Okay!"
Ich nahm ihre Hand und wir gingen zur Tür.
"Bleib anständig und bis morgen!", sagte Ralf zu mir.
Steffi verabschiedete er mit einem mahnenden erhobenen Zeigefinger.
Sie wackelte darüber beim Hinausgehen nur mit ihrem Hintern.

"Ist det dein Vater?" meinte sie dann zu mir.
"Nein, -mein Bruder! …Wohin gehen wir denn?"
"Löwenhof - zu Rosi!
Da gibt's heut alles für umme!"
Dann hängte sie sich ganz frech bei mir ein.

5 ("King of Fools" - IQ)

"Wuchty!!!",
schallte es uns mehrstimmig entgegen, als ich mit Steffi im Löwenhof an der Bar vorbei ging.
Rosi begrüßte uns mit einem "Frohe Weihnachten", warf mir aber auch einen fragenden Blick zu als sie meine Begleitung sah.

Schaufel, Fräulein und Schädel saßen um einen kleinen Tisch und hatten jeder eine Berliner Weiße vor sich.
"Mensch Geralt, -Birgit hat sich aber verändert!"
Natürlich kam dieser Kommentar von Fräulein und er konnte seine Augen nicht mehr von Steffi lassen.
"Das ist Steffi, - habt ihr noch Platz für uns?" , ich nickte allen zu.
"Und, frohe Weihnachten euch allen!"
"Gleichfalls", entgegnete Schaufel, stand auf , nahm Steffi bei der Hand und setzte sie auf seinen Stuhl.
"Ich hol nochmal einen!"
"Hi Zusammen, Euch auch ein frohes Fest. Und danke."
Sie winkte allen zu.

"Ich bin Jürgen! Schön Dich kennenzulernen."
Fräulein stand auf und reichte ihr vornehm die Hand.
"Nein, das stimmt nicht." warf sofort Schädel ein.
"Das ist Fräulein!"
Wir lachten.
Steffi schaute ungläubig.
"Na jetzt bin ich aber gespannt, wer ihr dann seid?"
Sie blickte in die Runde.

"Ich bin Jerome, aber alle nennen mich nur Schädel."
Auch er gab ihr die Hand.
"Und ich bin Günther, oder besser gesagt Schaufel!"
Er hatte einen Stuhl zwischen Steffi und Fräulein geschoben und setzte
sich jetzt eng neben sie.
"Tja, und du bist dann Wuchty? Oder wie haben sie dich gerufen?"
Ihr Blick suchte den meinen.
"Hhm, stimmt. Was magst du trinken?"
Rosi kam um den Tresen.
"Das ist doch Berliner Weiße das ihr da habt?" fragte Steffi.
Die Jungs nickten fast gleichzeitig.
"Ich komm ja aus der Nähe von Berlin, also auch ene."
Ich schloss mich an.

Als wir alle was zu trinken hatten, stießen wir gemeinsam an und es
entwickelte sich ein lustiger Abend.

"Wir haben vor einer halben Stunde bei Dir angerufen, aber du warst
schon weg." sagte Schaufel zu mir.
"Wir wollten eigentlich auch ins Jugendhaus, sind aber hier zum
Christbaumloben versackt."
"Ja, wenn ich das gewusst hätte wäre ich auch gleich gekommen. Dann
hätt ich keinen Ärger mit Stefan bekommen." entgegnete ich ihm.
"Aber dann hätte ich auch Steffi nicht kennengelernt!"
Jetzt blickte ich zu ihr.

"Oh, das ist schon in Ordnung so. Viel, viel besser!"
Fräulein nahm sein Glas und stieß mit Steffi an.
"Als ihr reingekommen seid, hab ich zuerst gedacht ich bin im
Märchen. ...-Rotkäppchen und der böse Wolf!"

"Du bist vielleicht ein Depp, -hast schon wieder zuviel?"
Mehr wollte ich dazu nicht sagen.

Alle unterhielten sich mit Steffi, -fragten sie über Berlin aus, und, und, und….
Sie blickte aber immer wieder direkt zu mir.
Ich tat so als würde ich es nicht bemerken.

Ich blickte mich um.
An einem weiteren Tisch saßen noch zwei Pärchen. Hatte sie schon mal gesehen, aber kannte sie nicht näher.
Ich konnte hören worüber sie sprachen.
Rosi polierte Gläser hinterm Tresen und ging immer wieder zu Willi, der an einem der beiden Spielautomaten saß.
Dieser hatte eine Zigarette zwischen den Lippen und hielt ein Bier in einer Hand.
Mit der anderen drückte er immer wieder eine Taste die am Spielautomaten aufleuchtete. Manchmal verzog er dabei die Mundwinkel.

Ich nahm mein Glas, stand auf und ging zu ihm.
"Hi Willi. -Und, läuft`s?"
Er blickte kurz zu mir.
"Servus Geralt. Bisher wird's kein frohes Fest. Hab mehr reingeschmissen als rausgeholt. Bisher. -Aber der Abend ist ja noch lang."
Er blickte zu unserem Tisch.
"Wo hast Du denn die aufgegabelt?"
Damit meinte er Steffi.
"Ist mir zugelaufen!"

Ich schaute ihm noch eine Weile zu und wollte schon wieder zurück zum Tisch, als er die Pause-Taste drückte und sich zu mir wandte.

"Sag mal Geralt, die letzten Tage war ja wieder Vollmond.
Bist du öfters des Nachts herumgestreift und auch bei mir zuhause vorbei?"
Er blickte mir dabei wissentlich in die Augen.

"Nein, warum?",
-unmerklich hatten wir beide zu flüstern begonnen.
"Mein Hund hat die letzten zwei Nächte öfters angeschlagen. Ich hab ihn rausgelassen und er hat sich ganz heftig aufgeführt. Bin dann ein paar Mal durch den Garten, konnte aber nichts erkennen. Danach lag er mit eingezogener Rute unterm Wohnzimmertisch, was er sonst nie macht."
"Komisch, -vielleicht war ein Fuchs oder so was unterwegs? -Laika kennt mich doch!?"
"Mag sein! Tu mir einen Gefallen, Geralt. Mach bitte keine Späße mit oder bei mir. Du weißt ich hab `ne Knarre in der Garage. Die möchte ich ungern benutzen. Vor allem nicht auf Dich!"
"Würd` ich mir bei Dir nicht erlauben!", entgegnete ich besorgt und hielt ihm meine Hand entgegen.
"Versprochen!"
Er schlug ein und wandte sich wieder dem Automaten zu.

Gedankenverloren setzte ich mich zurück an den Tisch.
Irgendwie hatte ich jetzt ein komisches Gefühl im Magen.

"Erde an Wuchty? Hey???", ich blickte auf.
"Was ist denn?"
Ich blickte mich um. Alle sahen mich an.
"Wo warst du denn gerade? Ich hab dich was gefragt!"
Fräulein schaute mich an.
"Kommst auch an Silvester zu mir? Ich geb `ne kleine Party. Kannst auch bei mir übernachten."
"Denk schon, - ich ruf dich noch an deswegen."
Ich wollte vor Steffi nicht sagen, dass ich erst meine Mutter fragen musste.
"Rotkäppchen kommt auch", sagte er. "Da darf doch der Wolf nicht fehlen!"
Manchmal könnte ich ihm eine scheuern, dachte ich bei mir.
"Ich werd` jetzt gehen. Fühl mich grad nicht besonders!"
Ich stand auf und zog meine Jacke an.
"Komm gut heim Alter. Sag einen Gruß an Birgit."
Schaufel stand auf und drückte mich.
"Mach ich, danke."

"Ich bring Steffi heim!'", schickte er mir im Flüsterton hinterher und sein Blick sprach Bände!

Best Friends!

6 ("Leave no Trace" - Anathema)

Es war sehr kalt.

Ich steckte die Hände in die Jackentasche und ließ den Abend in Gedanken nochmals Revue passieren.
Nach dem Kino nahm ich wieder die Abkürzung über den Acker zu den Hochhäusern.
Der Boden war tief gefroren und man musste aufpassen nicht zu stolpern, oder auszurutschen.

Irgendwie wurde ich das Gefühl nicht los, das ich beobachtet wurde.
Meine Nackenhaare stellten sich auf und mein Puls beschleunigte sich.
Ich drehte meinen Kopf in alle Richtungen, konnte aber niemanden erkennen. Durch die Nase inhalierte ich alle möglichen Gerüche.

Langsam ging ich weiter.

Zwischen den Häusern drang aus manchen Wohnungen leise Musik, oder ich konnte durch geöffnete Fenster einige Wortfetzen hören.
Ansonsten knirschte nur noch der Schnee unter meinen Füßen.

Aber jetzt nahm ich einen ungewöhnlichen Geruch wahr.

Es roch nach nassem Hund!?

7 ("We`ll let you know" - King Crimson)

"Schon zuhause?"
Ma begrüßte mich durch die offene Wohnzimmertüre.

"War ein blöder Abend!"
"Jürgen hat angerufen, halbe Stunde nachdem du weg warst."
"Hhm, hab die Jungs getroffen."
Ich wollte mich schon umdrehen, da fiel mir die Einladung von
Fräulein wieder ein.

"Du Ma, -Fräulein gibt eine Silvesterparty. Darf ich?
Kann sogar bei ihm übernachten."
Sie blickte mich an.
"Wissen seine Eltern davon?"
"Klar, die sind ja auch da.
Wir dürfen in der Kellerbar feiern."
Ich setzte meinen schönsten Frageblick auf und blickte sie an.
"Mal sehen. Lass uns noch mal darüber reden."
"Okay, und gute Nacht! Ich geh ins Bett. Bis morgen."
Ich drehte mich um.
"Geralt?"
"Hm?"
"Danke für heute!"
Ich wusste dass sie damit meinen Besuch mit ihr bei Pa meinte.

8 ("I believe in Father Christmas" - Greg Lake)

Innerlich war ich sehr aufgewühlt als ich mich aufs Bett setzte.

-Mein Verhalten im Jugendhaus
Rotkäppchen, Willi?
-Gerüche???

Mit "Manfred Mann" aus den Lautsprechern schlief ich unruhig ein.

Am nächsten morgen war ich früh auf.

Ma und ich hatten einiges vorzubereiten. Aber es lief uns gut von der
Hand. Um sechzehn Uhr waren wir mit allem fertig.
Der Tisch war eingedeckt und aus dem Ofen duftete es schon herrlich
nach leckerem Braten.

Heike, Ralf und Birgit hatten sich für siebzehn Uhr angemeldet und so schlüpfte ich noch schnell unter die Dusche.
Leichte Aufregung machte sich in mir breit, denn wir wollten es ja heute bekanntgeben.

- Vor Morgen hatte ich echt Muffe.

Mit einer schwarzen Anzughose und einem eleganten weißen Hemd lief ich die Treppe runter.

"Ja ist denn heut schon Weihnachten?",
mit diesem spontanen Spruch sprach mir meine Mutter ein Kompliment aus, die schon wieder hinterm Herd stand und frische Spätzle in eine große Pfanne gab.
"Wenn man möchte kann man schon, gell!",
meinte sie augenzwinkernd zu mir.
"Bist schon ein hübscher Kerl. Da kann ich Birgit schon verstehen!"

Ich war sehr froh, dass Sie nach Allem in den letzten Monaten ihre Herzlichkeit und Humor wieder gefunden hatte. Die Geschehnisse um Johann und Wolfgang und deren Tod hatte sie doch schlimm mitgenommen.
-Aber nicht nur sie!

Ich drückte ihr einen Kuss auf die Wange.
"Du siehst aber auch klasse aus!",
-fast wäre mir herausgerutscht (-"wenn das Pa sehen könnte!").
Sie hatte einen dunkelblauen, knielangen Rock und einen feinen hellblauen Pullover mit Rundhalsausschnitt an.
Die schulterlangen braunen Haare nach hinten gesteckt und ganz dezent Lippenstift aufgetragen.
Sie war noch immer eine schöne Frau!

Es klingelte.
Das konnte nur Birgit sein, -Ralf hatte einen Schlüssel.
"Hey!"
"-Auch Hey!"
Sie war dick in einen Mantel eingehüllt, mit Schal und Mütze.
"Frohe Weihnachten!"

Ich half ihr aus dem Mantel und sie zog ihre Stiefel aus.
"Gott sei Dank bin ich da!
Geralt, ich hatte den ganzen Weg über das Gefühl dass mich jemand
beobachtet und mich verfolgt!".
Ihre Stimme klang unruhig.
Ich machte die Türe auf und warf einen Blick die Straßen entlang.
Nichts.
"Jetzt bist Du ja da."
Ich nahm sie in den Arm und drückte sie.
"Vielleicht ist es nur die Aufregung?"
Ich wollte ihr nicht sagen dass es mir gestern Abend genauso erging.
Das würde sie nur noch mehr beunruhigen.
"Komm mit in die Küche zu Ma. Ralf und Heike sind noch nicht da."
Sie begrüßten sich sehr herzlich und Birgit beruhigte sich schnell.

"Jetzt fehlt nur noch Ralfie! -Wahrscheinlich wird er wieder mal nicht
fertig im Bad!"
Ma rührte in der Soße. "So wie früher halt."
"Wieso, was war?" Birgit fragte sofort nach.
"Wenn Ralf in der Badewanne lag, dann ist er meistens eingeschlafen.
Erst wenn das Wasser schon kalt war ist er irgendwann aufgewacht.
Dann hat er aber wieder warmes Wasser nachlaufen lassen und weiter
geschlafen.
Das Bad war dann stundenlang belegt!"
Birgit musste lachen.
"Da müssen wir nachher mal Heike fragen ob das jetzt auch noch so
ist?"
Doch kaum ausgesprochen hörte ich wie die Haustüre aufgeschlossen
wurde.
"Das sind Sie." Ich stand auf und ging in den Flur.
"Hey Großer!" Ralf umarmte mich.
"Gestern noch gut heimgekommen?", flüsterte er mir ins Ohr.
Ich wusste auf was er anspielte.
"Klar!"
"Na was seid Ihr denn für zwei Hübsche?", das war sein Kommentar
als er in die Küche trat.
Auch Heike war sehr festlich angezogen und wir drückten uns.
Dann saßen wir alle um den Küchentisch und stießen mit Sekt-Orange
auf die Feiertage an.

Das Essen war sensationell.
Wir ließen es uns ordentlich schmecken.

Danach räumten die Mädels die Küche auf, und Ralf und ich richteten
Bowle an.
"Und, alles wieder okay?", fragte ich Birgit als sie mit Gläsern in der
Hand ins Wohnzimmer kam.
"Ja, passt wieder. Vielleicht hab ich mir das auch nur eingebildet. Bin
jetzt nur etwas angespannt."
"Ich auch, -aber irgendwie freu ich mich auch drauf!"
Wir küssten uns und setzten uns um den großen Tisch.

Ralf hatte die Kerzen vom Baum angezündet und zusammen mit dem
gedimmten Licht kam weihnachtliche Stimmung auf.

"Jetzt fehlt nur noch die richtige Mucke?"
Ralf blickte mich an.
"Na dann hol mal.", sagte ich zu ihm.
Er stand auf und ging die Treppen hoch.

"Nein, -bitte nicht!"
Gespielte Verzweiflung sprach aus meiner Mutter.
"Ich hab so schöne Musik hier."
Damit öffnete sie den Phonoschrank, der in der Ecke stand.
"Lass uns mal machen."
Ralf kam mit drei LP`s unterm Arm zurück. "
Setz Dich und hör einfach zu!"

Ich wusste nicht was für Scheiben er rausgesucht hatte, aber ich hatte so
meine Ahnung.
Solange Ralf die erste Scheibe auflegte, schenkte ich jedem (außer
Birgit) ein Glas mit Bowle ein.
"Jetzt bin ich aber gespannt!?"

Ma lehnte sich zurück und nahm ihr Glas hoch.
"Also dann, es ist schön dass ihr heute Abend da seid.
Frohe Weihnachten euch Allen!"

-Ich konnte die kleinen Tränchen in ihren Augen sehen.

"I believe in Father Christmas" von Greg Lake und "Jerusalem" von ELP schafften es dann, dass aus den kleinen Tränchen - große wurden.

Birgit und ich sahen uns an.
Es war der perfekte Moment.

Ich nahm mein Glas und hielt es hoch.
Mit der anderen hielt ich Birgits Hand.
"Hm, -Birgit und ich, -wir wollen Euch was sagen!"
Alle blickten uns jetzt erwartungsvoll an.

"Ähm, …Birgit ist schwanger."
Mein Blick ging zu meiner Mutter.
"Und du wirst im Sommer Oma werden!"
Jetzt wars raus.

"Ich hab`s gewusst. Birgit, ich hab`s gewusst!"
Ma stand auf und umarmte Birgit.
Auch Heike stand auf und ging um den Tisch zu ihr.
"Wow, -gut hingekriegt. Komm her Großer!"
Ralf drückte mich.
Jetzt war ich erleichtert.

Nachdem uns alle gratuliert hatten setzte sich meine Mutter neben mich.
"Du weißt aber schon was das für Dich, Euch bedeutet? Ihr seid noch so jung!"
Es sprach Sorge aus ihrer Stimme.
"Aber Gerald, -egal was ist, ich bin immer für Euch da!"
Und wieder war Sie es, die Zuversicht und Optimismus verbreitete.
"Und, es ist das schönste Geschenk das ich je zu Weihnachten bekommen habe!"

Heike und Birgit waren den ganzen Abend nicht mehr zu trennen und in "Frauengespräche" verstrickt.
Es wurde ein langer, aber schöner Abend und irgendwann, ohne auf die Uhr zu sehen gingen wir, relativ entspannt ins Bett.
Mit dem Wissen, dass es morgen wohl etwas schwieriger werden würde!?

9 ("Time" - Pink Floyd)

Frühstück fiel für uns aus.
Wir krabbelten erst gegen zwölf aus dem Bett.

Ma war natürlich schon auf und hatte die Küche und alles aufgeräumt.
Ralf und Heike waren auch schon weg.
"Schönen Gruß von den Beiden!", überbrachte uns Ma, als wir am
Küchentisch saßen und Kaffee tranken.
"Bis wann wollen wir gehen?", fragte sie und setzte sich zu uns.
"Halbdrei?", antwortete Birgit. "Um Drei sind wir zum Kaffee
eingeladen und am Abend gibt`s ja Fondue.
Mein Vater setzt viel auf Pünktlichkeit!",
-dabei blickte sie mich an.
"What???" -(in Gedanken dachte ich laut!) - ich war bis jetzt immer
pünktlich!

"Ihr wollt es Ihnen auch heute sagen?", fragte Ma.
Birgit nickte.
"Dann sagt es nicht zu spät! Wird nicht so schlimm werden.
Ich bin bei Euch!"
Sie nahm sich eine Zigarette und ging auf die Terrasse.

10 ("Before the Flood" - Peter Gabriel)

Pünktlich! -um 15 Uhr standen wir bei Birgits Eltern vor der Türe.

Ihre Mutter begrüßte uns im Flur und führte uns dann in ihr großes
Wohnzimmer.

Herr Ziegler erhob sich aus einem tiefen Ledersessel und begrüßte
zuerst meine Mutter.
Er trug einen dunklen Anzug und sah sehr stattlich aus.

"Geralt!" Er hielt mir seine Hand entgegen.
Ich blickte in seine Augen.

"Hallo Herr Ziegler, vielen Dank für die Einladung und frohe Weihnachten."
"Danke, Dir auch Geralt."
Der Anfang war gemacht.

Wir nahmen alle an einem großen Esstisch Platz und Frau Ziegler servierte Kaffee und Kuchen. Birgit half ihr dabei.

"Und, -hattet ihr gestern einen schönen Abend?"
Birgits Mutter schenkte mir Kaffee nach.
"Danke, ja, wir haben gut gegessen und es war wirklich schön."
Ich strahlte sie aus meinen blauen Augen an.
Herr Ziegler hatte noch nicht viel gesprochen und beobachtete nur.
-Ich ihn auch.

Ma nahm sich noch ein kleines Stück Kuchen und wandte sich dann an Birgits Mutter.
"Ich hab noch nie Fondue gemacht. Bin mal gespannt was uns da erwartet?"
"Na dann lassen sie sich überraschen. Es wird uns aber allen schmecken!"
"Davon bin ich überzeugt!", entgegnete meine Mutter höflich.

Nach dem Kaffee halfen Birgit und ich in der Küche.
Ma und Herr Ziegler unterhielten sich bei einem Glas Wein im Wohnzimmer.

Mir wurde immer flauer im Magen.
"Was denkst Du wann`s passt?", fragte ich Birgit, als wir einen Moment alleine in der Küche waren.
"Sag Du`s mir!?", kam die Antwort von Birgit.
"Na du bist `ne tolle Hilfe!"
Ich umarmte sie innig und küsste sie.
"Hey, kein Sex vor der Ehe!", kam da von ihrer Mutter als sie in die Küche trat.
Wir lachten mit ihr.

("Wenn sie wüsste!?"), dachte ich.

11 ("Pride" - U2)

Kurz vor sieben bereiteten Birgit und ihre Mutter den Tisch für`s Fondue vor.
Herr Ziegler, Ma und ich saßen auf dem Sofa.
Wir sahen uns gemeinsam Bilder von seinen Bergtouren an, und ab und an erzählte er uns etwas darüber.
("Jetzt?") - in Gedanken sah ich Birgit an.
Sie schüttelte kurz den Kopf und verschwand wieder in der Küche.

Das Fondue war klasse.
Ich kannte es nicht und es schmeckte super. Das Fleisch an den Spießen war außen kross, und in der Mitte noch schön rosa. Ich nahm mir extra die großen Stücke!

Der Tisch war danach schnell abgeräumt und Herr Ziegler schenkte uns allen einen "Verdauungsschnaps" ein.
"Wir haben noch gar nicht auf Weihnachten angestoßen?", sagte er und erhob sein Glas.
"Ja, das stimmt. Aber vorher möchte ich noch was sagen!"
Ich stand auf und sah die Überraschung in ihren Gesichtern.

Mir war heiß und mein Herz rutschte mir bis runter auf den großen Zeh.
Ich sah zwischen Birgits Eltern hin und her.
"Ihr werdet im Sommer Oma und Opa werden.
Birgit ist schwanger!"

Dann war erst mal Stille.

"Das ist mal eine Überraschung."
Frau Ziegler schnaufte hörbar aus und ein. Dann stand sie auf und setzte sich neben Birgit. Sie nahm sie in den Arm.
"Jetzt verstehe ich!"
Auch sie hatte die Veränderungen bei Birgit wahrgenommen.
"Geralt, du weißt aber schon was für eine Verantwortung auf euch zu kommt?"
"Hm!" Ich nickte.

Herr Ziegler stand auf und ging aus dem Zimmer.
Birgit und ich schauten uns verwundert an.
Nach kurzer Zeit schaute er zur Tür herein.
"Geralt. Komm mal bitte kurz!"
Ich stand auf und folgte ihm in die Küche.
Alle schauten mir fragend hinterher.

"Setz dich!"
Ich folgte seiner Aufforderung und nahm am Küchentisch Platz.
Er drehte sich zu mir und hatte eine Flasche Williams und zwei Gläser
in der Hand.

"Zuerst war da Rudi. - Den konnte ich nicht ab! Dann kam`st Du!"
Er holte tief Luft.
"Mit dir kamen diverse Schwierigkeiten."
-Ja, da hatte er durchaus recht.
" Aber ich kann Dich gut leiden!"
-Erleichterung!
"Und jetzt werd ich bald Opa!?"
Er blickte mich durchdringend an und schenkte die Gläser voll.
Ich erwiderte seinen Blick und nickte.
Er schob mir ein Glas zu und erhob seines.

"Darfst Werner zu mir sagen. -Bitte enttäusche mich nicht!?"
Er streckte mir seine Hand entgegen.

"Ich werde Euch nicht enttäuschen!"
Mit Vehemenz stieß ich mit ihm an, - und ich glaube man konnte es bis
Ulm hören was für ein Stein mir vom Herzen fiel!

Ich konnte es sofort am Blick meiner Mutter erkennen.
-Sie spürte dass unser Gespräch gut war, als ich mit "Werner" zurück
ins Wohnzimmer kam.

Birgit nahm ihren Vater in den Arm und küsste ihn.
"Ah, sorry, -aber ich möchte Euch noch etwas sagen!"
"Was kommt denn jetzt noch?", fragte Werner, etwas genervt, als er
gerade sein Glas füllte.

"Ich möchte Euch, " - jetzt holte ich tief Luft.
" Ich möchte Euch beweisen, dass ich mich meiner großen
Verantwortung bewusst bin. Ich liebe Birgit. Wir sind jung. Das Leben
liegt vor uns. Und wir wissen nicht genau was auf uns zukommt.
Aber wir stellen uns der Verantwortung.
Und wir werden versuchen tolle Eltern zu sein! Aber wir wissen auch,
dass wir Unterstützung von Euch allen brauchen."
Ich blickte dabei vor allem meine Ma und Birgits Mutter an.
"Ich werde mir für September eine Lehrstelle suchen und dann eine
Ausbildung beginnen.
Ich möchte ein guter Vater sein!"

Alle sahen mich jetzt stolz an und nickten.

Es wurde noch ein sehr langer Abend!

12 ("Out of tue Wilderness" - Arena)

Ich bin Geralt.

17 Jahre alt.
Werdender Vater.

-Und ich bin ein Werwolf!

13 ("Footprints" - Brother Ape)

Es war spät, oder besser gesagt früh, bis wir uns auf den Heimweg
machten.

Birgits Eltern und Ma hatten zuvor öfters auf "Du" und "Du"
angestoßen.
Aber es war auch sonst ein feucht-fröhlicher Abend, nachdem die
Tatsachen ausgesprochen waren.

Birgit und ich saßen zusammen und es freute uns dass sich unsere Eltern so gut verstanden.

"Rufst du mich morgen an?"

Sie zog mir den Reißverschluss meiner Jacke zu.

"Hhm?, -mal sehen!?",

es war mehr eine Frage von mir als eine Antwort.

Sie boxte mich mal wieder.

"Also kommt gut heim!" Birgits Mutter verabschiedete uns an der Haustüre.

"Werden wir, -und danke für den schönen Abend!"

Ma winkte und wankte beim Hinausgehen.

Ich hakte mich bei ihr ein und führte sie zum Gartentor.

Es hatte den ganzen Abend geschneit.

Sofort fielen mir die tiefen Fußspuren im frischen Schnee auf, die so wie es aussah im Garten rund ums Haus führten.

Wenn ich jetzt alleine gewesen wäre hätte ich dem nachgespürt, aber ich musste Ma nach Hause bringen.

Jetzt konnte ich aber Birgits Ahnung nachvollziehen.

Irgendjemand beobachtete, oder verfolgte uns!?

Ich lag noch lange wach, machte immer wieder das Dachfenster auf und streckte meinen Kopf hinaus.

Aus einiger Entfernung hörte ich Sirenengeheul vom Rettungswagen oder der Polizei.

Ich konnte nichts erkennen und auch nichts Riechen.

Trotzdem, irgendetwas war nicht so wie sonst!?

14 ("Home" - Saga)

"Und, darf ich?",

meine Frage galt Ma, die sichtlich verkatert in die Küche trat.

"Was? Ich brauch jetzt erst mal nen Kaffee!"
Die Kanne war noch halbvoll und sie schenkte sich ein.
"Was hast du gefragt?" Jetzt blickte sie mich an.
"Darf ich zu Jürgen`s Silvesterparty?"
Ich war etwas genervt.

Warum frage ich eigentlich?
Ich sollte einfach gehen!
Bin doch kein kleines Kind mehr???

"Ich glaub` das kann ich dir nicht abschlagen."
Ich nickte.
"Geht Birgit auch mit?"
"Weiß nicht, -hab sie noch nicht gefragt. Weiß aber auch nicht, ob es gut
für sie ist?"
Sie nickte.
"Ich ruf sie an."
"Sag `nen Gruß von mir."
"Hhm!"

"Und, wie geht`s?"
Ihre Mutter hatte sie ans Telefon geholt.
"Hey Geralt. Geht so. Mir ist heute etwas schlecht. Aber sonst ist`s
okay. Seid ihr noch gut heimgekommen?"
Die Frage galt eher meiner Mutter als mir.
-Sollte ich ihr von den Spuren erzählen?
Denke nicht!

"Du, Fräulein macht `ne Silvesterparty bei sich in der Kellerbar.
Ich möcht gerne hingehen. Hast auch Lust?"
"Gut dass Du`s ansprichst.
Wollte Dir gestern schon sagen, dass wir bei meiner Tante eingeladen
sind, und meine Eltern mich gerne dabei hätten. Und ich glaube es ist
auch besser für mich so. Darf nichts trinken, und du übernachtest
wahrscheinlich eh bei Fräulein? Oder?"
Irgendwie erleichtert antwortete ich.
"Hey, klar, -zwar schade, aber okay für mich."
Es war nicht unbedingt die Wahrheit.

Wir unterhielten uns noch über den gestrigen Abend und wie unsere Eltern es aufgenommen hatten, und verabredeten uns für den kommenden Nachmittag.

15 ("Now" - Satellite)

Etwas später zog ich mich an.

"Ich geh`noch ins Jugendhaus zu Ralf und treff die Jungs.",
sagte ich zu Ma, die im Wohnzimmer saß und strickte.
"Hast du mir noch etwas Geld?"
Sie stand auf, ging in die Küche. Dann drückte sie mir zehn Mark in die Hand.
"Aber trink nicht so viel! Und bis um zehn Uhr bist du da!"
"Elf?"
"Zehn, -oder die Silvesterparty ist gestrichen!
Und sei anständig, es ist immer noch Vollmond!"
"Hhm!" - Bestätigung.

Langsam nervte es mich.
Aber, ich war halt noch keine achtzehn. Schaufel, Berber, Fräulein und Schädel waren alle mindestens ein halbes Jahr älter als ich.

Trotzdem!

Um kurz vor fünf war ich im Jugendhaus.
Ralf war wieder alleine hinterm Tresen und Fräulein saß mit einem Bier in der Couchecke.

Einige ältere Stammgäste waren noch da, ansonsten war nicht viel los.
"Hi, Silvester geht klar. Ich komm."
Kurze Begrüßung.
"Klasse Wuchty! Wird cool. Meine Mutter bringt uns Whisky mit.
Anlage hab`ich schon in der Bar aufgebaut."
Fräulein hatte eine klasse Musikanlage und mindestens tausend LP`s so ziemlich aller Musikrichtungen.

Er war ein Musikfreak und sammelte.
Wahrscheinlich hatte er deshalb noch keine Freundin.
-Keine Zeit dafür!

Zehn Minuten später kam Schädel. Sichtlich angetrunken.
"Wo kommst du denn her?"
Er hielt sich den Zeigefinger vor den Mund. Machte "Sch…", grinste
uns an und holte sich ein Bier bei Ralf.
"Danke für`s Gespräch."
Mehr fiel mir dafür nicht ein.
"Was ist denn mit Berber und Conny? Die hab`ich schon länger nicht
mehr getroffen?", fragte ich Fräulein.
"Die sind doch beim Skifahren, auf irgendeiner Hütte in Südtirol. Sind
aber an Silvester wieder da. Die wollen auf jeden Fall zur Party
kommen."
"Und Schaufel?"
"Den können wir nachher nochmals fragen. Der müsste eigentlich
gleich kommen?. Wir haben heute Mittag kurz telefoniert."

Kaum ausgesprochen kam er auch schon zur Türe herein.
"Hi Jungs, alles gut bei Euch?"
Er strahlte uns an und warf seine Jacke in die Couchecke.
"Schädel sieht nicht unbedingt gesund aus?"
Dieser saß zusammengesunken im Sessel und war etwas blass.
Er hielt sich wieder den Finger vor den Mund, machte "Sch….!" und
kicherte vor sich hin.
"Bei dem ging das Christbaumloben wohl noch einige Zeit länger?"
sagte ich zu Schaufel.
"Scht…!", er kicherte wieder.
"Ich weiß einen neuen Witz. Müsst ihr euch unbedingt anhören!" ,
sein Kichern wurde zum Lachen.
"Na dann leg los. Gibst ja vorher eh keine Ruhe mit deinem "Sch..!" !"
Wir drehten uns zu ihm.
Er grinste über alle vier Backen.

"Also, …Fritzchen sitzt in der Schule und sie haben Religion."
-Er lachte jetzt schon.
"Der Pfarrer fragt ihn: Fritz, -wie möchtest du einmal sterben?

Fritzchen überlegt kurz und antwort dann:
-So wie mein Opa. Der ist einfach eingeschlafen.
Das ist gut, sagt dann der Pfarrer und fragt weiter.
Und wie möchtest du nicht sterben?
Sofort kommt von Fritzchen die Antwort.
Oh, auf keinen Fall wie meine zwei Onkels.
Die saßen hinten im Auto als der Opa eingeschlafen ist!"

Er prustete laut los und klatschte sich auf die Schenkel.
Wir lachten alle.

Ja, -einfach einschlafen! ...das wär schön!?

Ich trank einen großen Schluck.
"-Und wie lange wart ihr noch bei Rosi am Heiligabend?"
"Wann sind wir gegangen?"
Fräulein blickte Schaufel an.
"Halbeins? - Wobei bei dir war`s sicher noch später.
Du musstest ja noch `nen Umweg gehen. Rotkäppchen brauchte
Begleitung!"
Er grinste ihn an.

"Ich hol nochmal Bier. Noch jemand?"
Sofort gingen unsere Hände hoch.

Ich legte Schaufel die Hand auf die Schulter.
"He, Alter, geht da was mit Steffi?"
"Denk schon, -zuerst hab ich ja geglaubt die ist voll hinter dir her, als
du mit ihr aufgetaucht bist. Aber wir haben uns auf dem Heimweg
noch geküsst und gestern telefoniert.
Heut` hab ich sie noch nicht erreicht, aber ich denk` sie wird nachher
vielleicht noch kommen!"
"Mensch klasse, -freut mich für dich. Glaub` die ist ganz okay.
Wenn auch sehr speziell!"

Fräulein kam mit drei Bieren im Arm zurück.

16 ("A Lesson before Dying" - Symphony X)

Wutentbrannt stürmte Steffi in den Raum.

Sie lief aber nicht zu Schaufel sondern baute sich direkt vor mir auf.
"Ich glaube Du hast `nen Knall. Du tickst wohl nicht mehr richtig,
- du blödes, blödes Arschloch! Du, du…?"

Sie packte mich und bevor ich irgendetwas machen konnte schlug sie
mir mit der Faust voll ins Gesicht.
Schaufel sprang auf und hielt sie mit beiden Armen fest.
Sie wehrte sich und schlug mit ihren spitzen Stiefeln nach mir.

"Hey, hey, hey! Was ist denn mit Dir los?"
Schaufel zog sie weg von mir.
"Frag doch den Behinderten auf dem Sofa da!"
Sie war total aufgebracht und wollte wieder auf mich los.

Auch die anderen Gäste waren aufgestanden und Ralf kam hinterm
Tresen vor.
"Was ist denn los? Was soll das?"
Er ging auf Steffi zu.

"Und Du, -Du hälst wohl zu ihm, weil`s dein Bruder ist!? Hä!!"
Wieder setzte sie sich dem Griff von Schaufel zur Wehr und wollte auf
mich los.
Eine Furie in Rot!

Mit dem Handrücken wischte ich mir übers Gesicht und Blut lief mir
aus der Nase.
Ich leckte es ab.
Es schmeckte süß und meine Synapsen reagierten sofort.
Nein, das darfst du nicht! -Eine innere Stimme sprach zu mir.

Ich stand auf , blickte sie an und wollte ihr die Hand auf den Arm
legen.
"Fass mich nicht an, du Monster! Und so was habt ihr als Freund!?",
zischte sie mich an und sah in die Runde.

Alle sahen uns ungläubig zu.

"Steffi!, -Steffi?, ich weiß nicht was mit dir los ist. Ich, ich hab nichts gemacht!"
Verzweifelt, aber mit geschärften Sinnen, blickte ich mich um.
"Du hast nichts gemacht!? Nichts gemacht!?"
Sie wurde immer hysterischer.
"Wegen Dir hat meine Mutter `nen Kollaps und ist seit heute Nacht im Krankenhaus!"

"Was????"
Ich wusste nicht wovon sie sprach!

Jetzt nahm Ralf sie an den Armen und drückte sie in die Couch.

"Okay, -du hast deinen Auftritt gehabt! Jetzt ist erstmal genug mit dem Geschrei. Ich denke wir müssen hier einiges aufklären, weil Du anscheinend die einzige bist, die weiß von was Du redest! Aber das sollten wir hier nicht vor den Anderen tun. Lasst uns hoch in die Teestube gehen, da sind wir unter uns!"

Ralf war mal wieder der einzige, der sofort besonnen reagierte.
Er ging zu Schorsch, der mit anderen Stammgästen um uns herum stand und redete kurz mit ihm.

"Okay, kommt mit, wir gehen nach oben!"
Er nahm Steffi in den Arm, die immer noch durch die Nase schnaubte.
Im vorbeigehen an der Theke griff er einen Aperol-Sprizz, den Schorsch schnell gemixt hatte und drückte ihn ihr in die Hand.

Durch das, dass in der Teestube keine Tische und Stühle standen, sondern nur Kissen auf dem Boden lagen auf die man sitzen konnte, entspannte sich die Situation relativ schnell.

"Was hast Du gemacht?"
Schaufel stellte mir die Frage als wir die Treppen hochgingen.
"Keinen blassen Schimmer!" - ehrliche Antwort.
"Bin selbst gespannt!", und wischte mir nochmals die Nase.

17 (Who are you" - The Who)

"Also, lass hören?"
Ralf saß neben Steffi und Schaufel auf ihrer anderen Seite.
Wir saßen im Kreis und ich hatte ihr gegenüber Platz genommen.
Auch Schädel war wieder ganz bei uns.

"Meine Mutter war gestern Abend um elf in der Spätmesse und beim
Nachhauseweg kurz vor unserem Haus lauerte er ihr auf!"
Ihr Blick fiel verächtlich auf mich und sofort legte sie nach.

"Ich hab ja Geschichten von Dir gehört, aber dass Du wirklich ein
Monster bist hätt ich nicht geglaubt!"
Jetzt wurden ihre Augen feucht.

"Die Schäferhunde von gegenüber sind wie wild durch den Garten
gelaufen und haben sich aufgeführt wie noch nie. So lange und so
heftig, dass mein Vater und ich den Küchenrollo hochzogen und
rausgeschaut haben.
Fast gleichzeitig hämmerte Mutter wie wild gegen die Haustüre.
Schnell öffneten wir und sie fiel uns völlig aufgelöst entgegen und
kollabierte. Vater rief sofort den Rettungswagen, und sie haben sie
mitgenommen."

Jeder hörte ihr aufmerksam zu und immer wieder schauten sie mich an.
"Heute Nachmittag durften wir sie besuchen und sie erzählte uns was
passiert war."
Jetzt wurde es Mucksmäuschenstill!

"Sie hatte die ganze Zeit auf dem Heimweg das Gefühl, dass jemand
ihr folgte und sie beobachtete. Und es roch auch komisch; -erzählte sie.
Sie lief immer schneller.
Die Nachbarshunde fingen zu jaulen und zu bellen an, -und kurz vor
unserem Haus nahm sie dann all ihren Mut zusammen.
-Sie drehte sich um."

Man hätte eine Stecknadel fallen hören.

"Und dann sah sie Dich!"

Sie wollte wieder auf mich los, wurde aber von Ralf und Schaufel zurückgehalten!
"Was??? - Niemals, -wie kommst du denn darauf?"
Ich stand auf.
Sie feixte mich an, weinte aber dabei.

"Sie sagte, es war ein Wolf auf zwei Beinen! Und er roch nach nassem Hund!!!"

Dann heulte sie richtig los und Schaufel nahm sie in den Arm.

18 ("Look at yourself" - Uriah Heep)

"Krass!"
Fräulein war der erste der das kurze Schweigen danach brach und zündete sich eine Zigarette an.

"Ich, -ich war das nicht!", stammelte ich und ging im Kreis.
Ich war selber geschockt von ihrer Ausführung.
"Wir waren gesternabend bei Birgits Eltern eingeladen und gingen erst spät nach Hause!"

Ich redete mehr mit mir selber als mit den anderen.
Mir fiel auch wieder ein wie ich die Sirene des Rettungswagens gehört hatte.
Ich setzte mich wieder und hielt die Hände vors Gesicht.

"Geralt. Lass uns das jetzt klären."
Ralf blickte mich ernst an.

"Du warst also gesternabend nicht alleine unterwegs. Und Du bist auch nicht schlafgewandelt, oder so?"

Ich nahm die Hände vom Gesicht und blickte auf.

"Steffi, glaub mir, - das war ich nicht. Ich war gestern mit meiner Mutter bei Birgits Eltern eingeladen und wir sind kurz vor eins heimgekommen."
Endlich schaute sie mich wieder normal an.

Sie holte tief Luft.
"Dann gibt`s also noch jemanden von deiner Sorte?"

Das waren zwar nicht die schönsten Worte für mich, aber sie schien sich wieder gefangen zu haben.
"Ich weiß es nicht!" Ich räusperte mich.
"Anscheinend aber schon!?"

Ich erzählte ihnen von meinen dauernden Gefühlen beobachtet zu werden.
-Auch von Birgit`s Wahrnehmung.
-Von den Spuren im Schnee in Zieglers Garten und von Willi`s Nachfrage im Löwenhof.

"Aber Wolfgang ist tot, und ich wüsste sonst niemanden der von ihm gebissen, verwandelt öder ähnliches wurde!?"
Ich stand wieder auf.

"Stimmt.", sagte Schädel.
"Es ist auch bisher nichts mehr passiert und von seinem Rudel hatten wir auch Ruhe."
Wir wussten alle dass damit Rudi, Wolfram und Wolf-Dieter gemeint waren.
"Okay!",
-wir wissen also dass da draußen jemand rumläuft und einen auf Wolf oder so macht.
-Oder sich auch nur auf deine Kosten einen makabren Scherz erlaubt!?", fasste Ralf schließlich zusammen.

"Also was können wir jetzt machen?"

"Hhm? Ich werde nochmals mit Willi reden.",
in meinem Kopf ratterte es.

"Soviel ich weiß hat er am Haus Kamera`s angebracht. Vielleicht ist was zu sehen?"
"Gute Idee.", meinte Ralf.
"Und wir werden einfach Augen und Ohren offenhalten!"
Alle nickten.

Ich wandte mich an Steffi.
"Das mit deiner Mutter tut mir sehr leid, -denkst du dass ich in den nächsten Tagen mit ihr reden kann?"
"Wie willst du das denn anstellen?
Willst du dich als Wolf vorstellen und glaubst sie wird dir dann alles erzählen?"
Irgendwie war sie doch noch immer sauer.
"Die denken doch jetzt im Krankenhaus, dass sie `nen Dachschaden abbekommen hat!"
"Nein, -aber du könntest ihr zum Beispiel erzählen, dass mir das gleiche widerfahren ist. Dann könnten wir uns darüber austauschen und ich erfahre vielleicht mehr darüber?"

Sie sah mich wieder an.
"Gar keine schlechte Idee. Dann glaubt sie auch dass sie nicht "Balla" ist und es wird ihr gut tun.
Das ist gut! Ich werde Dir Bescheid geben, sobald sie wieder zuhause ist."
"Okay! Danke."
Puh, -die Lage hatte sich wieder normalisiert.
Aber innerlich war ich mehr wie aufgewühlt!
"Aber bitte," Ralf sprach jetzt leiser.
"Wir sollten alles so gut wie möglich für uns behalten. Wir sehen uns ja öfters in den kommenden Tagen und können uns so gut austauschen. Und ihr wisst ja, dass ihr auch über alles mit mir reden könnt!"
"Klar, machen wir!"
-Zustimmung von allen.

Ich stellte mich in den Kreis und räusperte mich.
"Passt jetzt nicht unbedingt zum Thema, aber wenn ihr jetzt schon alle da seid, -möchte ich noch was loswerden!
Birgit ist schwanger und wir werden ein Kind bekommen!

Ich soll euch liebe Grüße bestellen und sie kann an Silvester aber leider nicht mitkommen."
Jetzt standen alle auf.

"Mensch Wuchty! Gratuliere!" Schaufel war der erste.
Danach drückten mich alle und sprachen mir Glückwünsche aus.

Steffi nahm mich auch in den Arm.
"Entschuldige bitte und herzlichen Glückwunsch!"
"Schon okay, ich glaube niemand von uns hätte anders reagiert."
"Ich war so sauer!"
"Das hab ich gemerkt!", und griff mir dabei wieder an die Nase.

Wir gingen wieder nach unten und setzten uns in die Couchecke.
Ralf gab `ne Runde aus und Fräulein kümmerte sich persönlich um gute Musik.
Uriah Heep und Deep Purple begleiteten uns die nächste Stunde.
Aber mir fiel auf, dass trotz aller Gespräche jeder von uns immer wieder aufmerksam die anderen Besucher beobachtete.

Kurz vor zehn Uhr verabschiedete ich mich.
"Musst schon gehen?",
fragte Steffi und streifte ihre roten Haare hinters Ohr.
"Ja, leider, -sonst darf ich Silvester nicht kommen!"
"Das wär ja ewig schade!!!",
sie sagte es mit laszivem Augenaufschlag.

Sie flirtete schon wieder mit mir.
"Hey Fräulein, muß man noch irgendwas mitbringen für Silvester?",
er saß im Sessel und flippte zu "Easy Livin`".
"Tja, wart`mal. Da muß ich überlegen?
Birgit kann ja, nicht.
Whisky bringt meine Mutter.
Bier hab`ich.
Musik ist aufgebaut.
Steffi kommt auch!
- Also, klares Nein!
Hauptsache du kommst!"

"Ihr seid Klasse, -und danke. Bis Silvester!"
"Grüße an Birgit."

Im Vorbeigehen verabschiedete ich mich bei Ralf.
"Großer, -wenn irgendwas ist, melde dich."
"Denkst du ich soll`s Ma erzählen?"
"Würd`ich noch nicht tun, -warte noch ein Weilchen, vielleicht wissen
wir bald mehr. Sie macht sich sonst wieder unnötig Sorgen!"
"Hm, hast recht!"

19 ("More than a Dream" - Unitopia)

Wieder ging ich übers offene Feld.
Ich war froh alleine zu sein und versuchte Eins und Eins
zusammenzuzählen.
Eigentlich ergibt`s Zwei.
Aber eigentlich hat immer ein aber!
Auf jeden Fall war ich mir gewiss!?
Es war keine Einbildung, oder ein Traumata.
Es war real!

Birgit, -Ma.
Sollte ich mit ihnen darüber reden?
Mit Birgit eher wie mit meiner Mutter.
Doch ich wollte sie auch nicht verängstigen.
In ihrem jetzigen Umstand sowieso nicht.
Ich sollte alles ganz weit von ihr fernhalten.
Das hatte ich die letzten Wochen ja auch geschafft.

-Bis jetzt!

20 ("Memories" - Within Temptation)

Ich hatte nicht geschlafen und döste im Bett vor mich hin.

"Geralt! Telefon",
…-ich hatte es läuten gehört.
"Da möchte eine Steffi mit dir sprechen.", rief es von unten.
Ich rollte aus dem Bett, schlüpfte in meine Jogginghose und hastete die Treppe runter.
"Komme!"

Ma stand im Hausflur und hielt mir den Hörer entgegen.
Ich nahm ihn und mit der anderen Hand schob ich meine Mutter in die Küche. Auf der Küchenuhr sah ich dass es schon halb drei vorbei war.

"Ja?"
"Hi Geralt, hier ist Steffi."
"Woher hast du unsere Nummer?"
Mehr fiel mir grad nicht ein.
"Dafür gibt`s ein Telefonbuch! Dummi!"
"Ach ja, stimmt. Was ist denn?"

Ma schielte aus der Küche und ich zog die Türe zu.

"Wir waren heutefrüh im Krankenhaus und meiner Mutter geht`s viel besser. Sie darf morgen heim. Ich konnte kurz alleine mit ihr reden und hab ihr von dir erzählt. So wie wir besprochen haben."
"Okay, und?", aufmerksam hörte ich ihr zu.
"Sie möchte gerne mit dir reden und dich kennenlernen, und da dachte ich dass du an Silvester am Nachmittag bei uns vorbeikommen kannst. Dann können wir danach gemeinsam zu Fräulein gehen!?"
"Hhm! -Ja, das können wir machen. Aber..?"
"Was aber? Ich denke du wolltest das?"
Leichte Entrüstung!
"Ja klar, -aber was ist mit Schaufel ?"
"Was soll mit dem sein? Wolltest du nicht mit meiner Mutter reden?"
"Auf jeden Fall!…", sie fiel mir ins Wort.
"Okay, dann kannst bis um sechzehn Uhr da sein. Freu mich. Bis dann.!"
Sie legte auf.

Ich stand im Hausflur mit dem Hörer in der Hand.

"Bis dann.", murmelte ich vor mich hin.
Was war das denn wieder???

"Gibt`s was, was ich wissen sollte?"
Ma blickte mich neugierig an.
Ich schenkte mir Kaffee ein und setzte mich zu ich ihr an den
Küchentisch.
"Nein!"
"Wer ist Steffi?"
"Freundin von Schaufel."
Obwohl ich mir da nicht so sicher bin.
"Und?"
"Was und?"
"Was wollte sie von Dir?"
Sie konnte ganz schön nervig sein.
"Ob wir sie an Silvester abholen können."
Ich stand auf und stellte meine Tasse in die Spüle.
"Warum fragt sie da dich?"
"Ach, lass mich doch einfach!"
Das war mir jetzt zuviel, da ich mich ja selbst nicht mehr auskannte.
Ich ließ Ma sitzen und ging nach oben.

Kurz vor vier ging ich angezogen nach unten.
Ich wollte Birgit treffen und schlüpfte in meine Jacke.
"Ich geh zu Birgit." Ma saß im Wohnzimmer und sah fern.
"Okay, sag Grüße. - Alles gut mit dir?"
Sie hatte wieder Sorgenfalten auf der Stirn.
"Passt schon!"
-Gelogen.
"Ich komm nicht spät."
Sie nickte.

Wir hielten Händchen und liefen am Waldsee entlang.
Es dämmerte schon.
"Und, was hast gestern gemacht?"
Sie holte mich aus meinen Gedanken.
"Nicht viel. War im Jugendhaus und hab`die Jungs getroffen."
"Hast du`s ihnen gesagt?"

"Ja, hat sich so spontan ergeben. Soll Dir von allen liebe Glückwünsche sagen."
"Danke. -War Conny auch da?"
"Nein, Berber und sie sind noch beim Skifahren und kommen erst morgen wieder."

Wir waren am Steg angekommen.
Ich machte ein paar Schneebälle und warf sie ins eisige Wasser.
"Was ist los mit Dir?",
-wir standen am Ende des Stegs und blickten aufs Wasser.

"War schon ein komisches Jahr.
-Was so alles passiert ist!?
Vor einem Jahr haben wir uns noch nicht einmal gekannt!"
Ich warf wieder einen Schneeball.

"Ja, stimmt. Und jetzt werden wir Eltern."
Sie drehte sich zu mir.
"Hast Du Angst?", fragte sie mich geradeaus.
"Ja. -Vor so vielem!", ich erwiderte ihren Blick.
"Ich auch!"

"Hast noch Lust auf `nen Cappucino bei Rosi?",
fragte ich sie.
"Lass uns das machen, wir sehen uns ja die nächsten Tage nicht."
Ich legte den Arm um sie und wir stapften los.
Ich hoffte insgeheim Willi dort zu treffen!?

21 ("Albatross" - Peter Green`s Fleetwod Mac)

Tatsächlich saß Willi wieder am Spielautomat.
Ansonsten war niemand da.
Wir setzten uns zu Rosi an den Tresen.

Birgit unterhielt sich mit ihr.

Klar erzählte sie ihr auch von der Schwangerschaft und es entwickelten sich typische Frauengespräche zwischen ihnen.

Ich nutzte die Gelegenheit und ging zu Willi an den Spielautomaten.
Nach kurzer Zeit fragte ich ihn.
"Du hast doch Kameras bei Dir zuhause. Hast du da schon mal nachgesehen, wegen dem was du mich gefragt hast?"
"Oh!?, -nein, hab`ich nicht.
Hab ich gar nicht dran gedacht nachdem Laika sich beruhigt hat."
"Könntest Du, -oder wir das noch machen? Es hat nämlich noch mal `nen Zwischenfall gegeben. Und ich wüsste gerne mehr darüber, da man mich im Verdacht hat!"
"Klar."

Irgendwie hatte ich das Gefühl er hörte mir gar nicht zu, denn seine Finger flogen über die Tasten des Automaten.
"Können wir das gemeinsam anschauen?"
Er drehte sich kurz zu mir.
"Wann hast Zeit?"
"Wie wärs morgen? Vierzehn Uhr?"
Er nickte nur.
"Passt! Ich weiß ja wo du wohnst. Und Danke!"
"Kein Thema!"
Er wandte sich wieder den Automaten zu.
"Dein Bier geht auf mich!"

Ich ging wieder zurück zum Tresen und tat so als hörte ich ihrem Gespräch aufmerksam zu.
Tatsächlich war ich wieder in meiner eigenen Welt!

Ich brachte Birgit nach Hause und wir verabschiedeten uns.
An ihrem Blick konnte ich erkennen dass sie etwas vermutete, aber sie sprach es nicht aus.

"Einen Guten Rutsch!", wünschte sie mir.
"Dito!"

22 ("Skating away on the thin Ice of a new Day" - Jethro Tull)

Ich packte mir ein frisches Hemd und meine Zahnbürste in den kleinen Rucksack und ging dann in die Küche.
"Geh dann!"
Ma saß über einem Rätselheft und sah sehr konzentriert aus.
"Bist aber früh?"
Sie blickte nicht auf und ich sah ihr über die Schulter.

"Zuerst Willi, dann Schaufel, dann Steffi. Und dann den Berg hoch zu Fräulein,"
"Wann bist wieder da?"
"Ich denke morgen Nachmittag."
Ich beugte mich über sie und küsste sie auf die Wange.
"Guten Rutsch und Grüße an Alle.
Und pass auf dich auf!?"
"Versprochen!"

Mitten im Türrahmen blieb ich stehen, drehte mich zu ihr um und sagte:
"Übrigens!", ich deutete aufs Rätselheft.
"-Links oben;
… -"hervorragend, großartig",
… mit sechs Buchstaben heißt:

"GERALT"

Für einen Moment hielt sie inne, dann lachte sie los.
"Verschwinde, -und viel Spaß! -Spinner!"

23 ("The Camera Eye" - Rush)

Pünktlich um vierzehn Uhr klingelte ich bei Willi.

Sofort fing Laika zu bellen an, als er aber öffnete duckte sie sich zu Boden und scharrte unterwürfig mit den Krallen auf den Fliesen.

Sie ließ sich von mir kraulen und wich mir nicht mehr von der Seite.

"Hab schon alles vorbereitet, komm mit!"
Er führte mich in ein kleines Arbeitszimmer.
"Magst was trinken? Bier, Sekt, Cola?"
"Nein, danke. Bekomm heut` noch genug."
Ich war überrascht, denn ich hatte nicht damit gerechnet, dass er es noch wusste.
Aber so kann man sich täuschen!

Auf dem Schreibtisch standen ein Videorecorder und ein Commodore-Bildschirm.
"Hab die Cassette schon zurückgespult. Die läuft nur an, wenn Bewegungen registriert werden."
Gemeinsam setzten wir uns und er legte die Kassette ein.
"Hab`s selbst auch noch nicht gesehen. Bin gespannt?"

Und ich erst!!!

Die Kamera fing nur einen kleinen Winkel des Eingangsbereiches auf.
Man sah die Treppenstufen zur Eingangstüre und einen kleinen Übergang zum Garten.
Zuerst sahen wir längere Zeit nur Laika, die immer wieder durchs Bild huschte.
Öfters war auch Willi zu sehen, wenn er manchmal versuchte den Schlüssel ins Schloss zu bekommen, -oder von der Haustürtreppe aufgrund unvorhergesehener Erdanziehungskraft in den Gartenbereich zurücktaumelte!?
- Warum wohl???
"Das ist mir jetzt peinlich!"
"Braucht`s nicht. Ich bin auch schon mal auf allen vieren heim!"
- Das war mir jetzt peinlich.

Doch dann hielten wir Beide den Atem an.
Ein Schatten war zu sehen.

Laika streifte mit eingezogener Rute durchs Bild.
Der Schatten wurde immer länger.

Deutlich konnte man jetzt eine menschliche Gestalt erkennen.
Oder doch nicht!?

Die Arme waren definitiv zu lang, -und die Beine merkwürdig
geknickt.
Der Kopf war groß, auch nicht rund, -eher länglich.

Vielleicht verzerrte auch die Kameraposition einiges, aber es war eine
Gestalt?, -die auf zwei Beinen ging.
Ziemlich schnell verschwand sie wieder aus dem Kamerabereich.
Die Kamera schaltete sich erst wieder ein, als Laika tiefgeduckt
angeschlichen kam.

"Was oder wer war das denn? Hast du das gleiche gesehen wie Ich?"
fragte ich Willi.
Dieser nickte.
"Hoffe nicht, dass Du genauso aussiehst wenn du dich verwandelst!?
Auf jeden Fall werd` ich nachher noch meine Wumme aus der Garage
holen!"

Wir schauten uns die Sequenz noch ein paar Mal an.
Leider waren aber die Aufnahmen nicht scharf genug um Einzelheiten
zu erkennen.
"-Und du schwörst, dass das nicht Du warst?"
Willi blickte mich an.
"Schwör!"
Wir gaben uns die Hand und Laika lag wieder zusammengekauert
unterm Tisch.
"Danke Dir. Muss jetzt weiter.
Hab` heut` nochmal eine unheimliche Begegnung!"
"Schon okay! Kann dich gut leiden. Pass auf dich auf. Und wenn ich
helfen kann, sag Bescheid!"

Er formte die Hand zur Pistole und zielte dabei auf mich.
Verstanden!

24 ("Assassing" - Marillion)

Ich ging einen kleinen Umweg zu Steffi, um mich gedanklich etwas zu sortieren.

So eine Gestalt hatte ich schon gesehen.
-Nicht nur das!
Sie hatte mir die schlimmste Wunde zugefügt und mich zu einem Werwolf gemacht.

Wolfgang!?
-Aber er ist tot!?

Wiederum pünktlich läutete ich.
Eine rote Flut an Haaren öffnete die Türe und fiel mir um den Hals.
"Hi Geralt. Schön dich zu sehen."
"Hhm!?"
"Komm rein, meine Mutter liegt im Wohnzimmer."
Sie nahm mich am Arm und führte mich durch den Flur.

"Hallo, ich bin Geralt."
Sie lag halbaufgerichtet auf dem Sofa, eingehüllt in eine dünne bunte Decke.
Ihre Gesichtsfarbe war noch etwas blass, aber ihre braunen Augen waren klar und aufmerksam. Steffi schob mir einen Stuhl zu und ich setzte mich.
"Wie geht`s Ihnen, Steffi hat mir erzählt was ihnen passiert ist?"
Warum um den Brei herumreden, wenn man gleich zur Sache kommen kann?
"Ja, Sie hat mir erzählt dass Du die gleiche Begegnung hattest wie ich?"
Ich nickte ihr zu und musste an die Videoaufzeichnung bei Willi denken.

Steffi saß da und beobachtete uns aufmerksam.
"Jetzt bin ich ja mit meinen Phantasien wenigstens nicht mehr alleine!"
Sie richtete sich vollends auf.
"Nein, das sind sie nicht. Für mich war es auch schrecklich! Können sie mir davon erzählen?"

Ich versuchte Vertrauen aufzubauen.

"Ich ging von der Spätmesse nach Hause und verabschiedete mich an der Zollhauskreuzung von meinen Bekannten. Doch mit jedem weiteren Schritt wurde ich das Gefühl nicht los dass mich jemand beobachtete und mir folgte."
Sie zitterte.
"Kurz vor unserer Straße hatte ich überall Gänsehaut und schwitzte. Es roch ganz komisch und ich hörte immer wieder ein leises Knurren."

Sie drehte den Kopf in alle Richtungen.
Meine Hände wurden feucht und das Blut pochte mir gegen die Schläfen.
Die Adern traten deutlich hervor.

"Ich nahm meinen ganzen Mut zusammen und drehte mich abrupt um. Da sah ich ihn, …-es vor mir."
Ich spürte wie sich ihr Herzschlag extrem beschleunigte.
"Die Gestalt war mindestens zwei Meter groß!"
Sie war jetzt nicht mehr bei uns, sondern befand sich in ihrem eigenen Film.

Steffi stand auf und setzte sich zu ihr, nahm ihre Hand und sie erzählte weiter.
"Es war wie in einem Horrorfilm! Nosfertu, -oder so ähnlich!"

Meine Fingernägel wurden etwas länger und ich verschränkte die Arme, hörte aber weiter aufmerksam zu.

"Es sah aus wie ein Mensch, -aber doch nicht! Ellenlange Arme, schwarze lange Haare und glühende gelbe Augen. Aber es ging auf zwei Beinen."
Ihr Atem ging nur noch stoßweise.

"Ich drehte mich um und lief so schnell ich konnte. Gottseidank war das Gartentor auf und ich sah die Haustüre vor mir. Nur noch ein paar Meter, dachte ich!"
Ich war direkt dabei und fühlte mit ihr!

"Die Hunde von nebenan bellten, heulten und führten sich auf wie Furien. Es war das reinste Chaos für mich!"

Sie sah mich direkt an und hatte einen erschreckten Ausdruck in ihren Augen als sie mich anblickte.
("Hoffentlich hab ich jetzt keine gelben Augen?), dachte ich bei mir?

"Es war mir als ob ich einen Pfiff, ein Kommando, oder einen Ausruf gehört hätte. -Dann war es plötzlich ganz still."
Sie atmete hörbar aus und lehnte sich wieder zurück.
"Als ich wieder was wahrgenommen habe, war ich im Bett im Krankenhaus!"
Steffi und ich schauten uns an.

Ich beugte mich vor und nahm ihre Hand. Sie ließ es zu.
"Genauso ähnlich war`s bei mir auch!"
-Lügner!!!
Sie legte ihre andere Hand auf meine.
"Dann bin ich also nicht verrückt?"
Ich blickte sie eindringlich an.
"Nein, das sind sie nicht! Und, -und sie brauchen keine Angst mehr zu haben. Werden sie gesund! Keine Angst mehr! Danke dass sie es mir erzählt haben!!?"

Ich ließ ihre Hand los und stand auf.
"Lass uns gehen.", sagte ich zu Steffi.
In mir drehte sich wieder alles.

"Was meint er? Was meint er damit?"
Steffi`s Mutter rief mir hinterher.

"Ma! -Es wird alles gut! Wir müssen jetzt gehen!"
Steffi küsste sie, und sie schaute mich immer noch ungläubig an.

"Glaub mir Ma,
…-Geralt hat`s drauf!!!"

25 ("Embracing Fear" - Pagan`s Mind)

Steffi nahm mich bei der Hand.
Sie zog die Haustüre zu.

"So, -und jetzt lassen wir erstmal alles hinter uns und feiern Silvester!"
Irgendwie war ich noch immer nicht richtig bei mir.
"Komm schon."
Sie führte mich durchs Gartentor.

Mit meiner linken zog ich es zu ich und als ich mich zu ihr umdrehte
konnte ich den großen Briefkasten von gegenüber sehen.

"Dr. med. Michael Koppold" ,

stand in dicken Buchstaben im Namensfeld.

26 ("Neverland" - Marillion)

Im Moment war ich Niemand,
-und verstand auch nichts mehr!?
Ich lief wie eine Marionette neben ihr her.

Totale Leere!

-Birgit, Mutter, Ralf.
-Wolfgang, Johann.
-Schädel, Fräulein, Berber, Schaufel.
-Conny, Heike, Steffi.
-Rudi, Wolfram, Wolf-Dieter.
-Dr. Koppold?

Alles Namen in einem scheinbaren Spiel ohne Grenzen!

Und ich war der Spielführer!
-Allerdings ohne Plan!

27 ("Viel Zuviel" - Anyones Daughter)

"Geralt?"

"-Geralt? Wo müssen wir hin?"

Ich erschrak, blickte auf und sah erstmal nur rote Haare vor mir!
"Wo müssen wir hin, -ich weiß nicht wo Fräulein wohnt?"

Ich sah mich um. Wo waren wir?

-Kurze Orientierung.

"Da lang.", sagte ich zu ihr und zeigte geradeaus.

"Hirschweihe, dahinten den Berg hoch."

Inzwischen war es dunkel geworden.

"Er" verlor seine Anziehungskraft. Es wurde abnehmender Mond.
"Lass uns heute Abend Spaß haben, -egal wie wir uns jetzt gerade
fühlen. Es ist Sivester und wir sollten das feiern!?"

Sie hängte sich wieder bei mir ein und ihre Haare wehten im Wind.

"Auf geht`s. Die andern werden schon da sein."

Ich stülpte meinen Rucksack über den anderen Arm und ging dann
gemeinsam mit ihr den Berg hoch.

Zwanzig Minuten später klingelten wir.

Jürgen`s Mutter öffnete uns.

"Hallo Geralt."

Laute Musik wummerte uns vom Keller entgegen.

"Oh, wen hast du denn mitgebracht?", fragte sie interessiert als sie
Steffi sah.

"Das ist Steffi, -die ist vor kurzem von Berlin hierhergezogen."

Sie gaben sich die Hand..

"Du weißt ja wohin, -und hören kannst es ja auch schon!?"

Ich nickte.

"Danke dass wir hier feiern dürfen!"

"Wünsch Euch viel Spaß und haltet die Lautstärke in Grenzen!"

Sie hatte es nicht immer leicht mit uns.

Wir hatten bei Fräulein schon diverse wilde Partys gefeiert. Aber sie
wusste auch dass wir immer füreinander da waren.

Es waren tatsächlich schon alle da, als wir die Treppe runterkamen.

Fräulein stand hinter der Anlage und hatte einen roten Partyhut auf.
Berber und Conny, -mit gebräunten Gesichtern, standen mit Schädel
um einen Stehtisch.
Auf einer kleinen Sitzbank in der Ecke saßen auch Yeah und Freddy
und drehten sich Zigaretten!?

"Servus miteinand!", war meine Begrüßung an Alle.
"Hi!", fast gleichzeitig schauten Sie zu uns.
Wir gingen zum Stehtisch und Steffi stellte sich Conny und Berber vor.
Dann sah sie Schaufel, der bisher unbemerkt hinter der Bar zwei Gläser
mit Weizenbier einschenkte.
Sie ging hinter den Tresen und küsste ihn.

"Wo ist denn Birgit?", diese Frage kam nicht ganz unerwartet von
Conny.
Schließlich war ich ja mit Steffi gekommen.
"Die ist heute bei ihrer Tante. Und ich glaub` sie wär` auch sonst nicht
mitgekommen!?"
Conny sah mich erstaunt an.
"Warum, -habt ihr Schluss gemacht?"
"Nein!" Ich drängte mich zwischen sie und Berber.
"Ihr wisst es ja noch nicht.
-Aber Birgit ist schwanger!"
"Wow, na das ist `mal ne Überraschung. Und du bist der Vater?",
sie grinste mich an.
"Lass dich drücken. Gratuliere Dir!
Da muß ich Birgit ja morgen gleich mal anrufen!"

"Wuchty! -Alter Hund!",
-er stockte kurz, aber dann nahm mich Berber auch in den Arm.
"Gratuliere! Da müssen wir ja gleich darauf anstoßen!"
Er drehte sich um und holte eine Flasche Whisky und einen Stapel
Plastikbecher.
"Da muß jetzt der gute "Old Mc Taggert" dran glauben."
Er drehte den Verschluss auf und schenkte jedem einen halben Becher
voll ein.

Dann hob er den Becher und rief laut:
"Auf Wuchty, den zukünftigen Bambino-Schieber! Zum Wohle!"

Tja, der Whisky verfehlte seine Wirkung nicht.
Vor allem nicht bei mir.
Auf nüchternen Magen und psychisch angeschlagen schlug er so richtig ein.
Zwei Stunden später war ich ziemlich betrunken.

Bei dem Versuch ganze Sätze zu bilden, war mir immer mehr meine Zunge im Wege. Auch Schädel war schon gut drauf und wir unterhielten uns prächtig, -obwohl die anderen Probleme hatten unserer Grammatik zu folgen.

- Aber lustig war`s. Sie lachten alle über unsere Späße, oder über Wörter die wir durcheinander brachten.

Die Realität war sehr, sehr weit weg!
-Aber das war erstmal gut so!

28 ("In the Wake of the Moon" - Galleon)

Auf einmal stand Fräuleins Mutter vor mir.
Halluzination???
Nein, -tatsächlich , - und sie sprach mich an.
Ich stand inmitten des Raumes und tanzte mit Conny zu "Get Ready" von Rare Earth.

"Geralt?" Sie rüttelte mich an der Schulter.
"Geralt, -deine Mutter ist am Telefon. Komm mit nach oben."
Sie nahm mich am Arm.
"Hhm. Okay!"

Mehr brachte ich nicht heraus, -aber eine innere Stimme meldete sich.
Fräulein drehte die Musik leiser.
"Macht nur weiter, ist nur Telefon für Geralt." rief seine Mutter ihm zu.

"Oh, kommt das Baby schon?", -keine Frage von wem dieser Kommentar wieder kam.
Alle lachten und sahen uns nach, wie ich mit ihr die Kellertreppe hochging.

"Ja?"
-Ich musste mich zusammenreißen.
"Geralt?" -Meine Ma.
"Hhm!"
-Zustimmung.
"Geralt, du musst schnell nach Hause kommen. Die Polizei ist da und die suchen nach Dir. Ich wollte sie nicht zu euch hochschicken, so dass es alle mitkriegen. Bitte komm schnell heim, sie wollen dich mitnehmen!?"
Ich konnte ihre Aufregung durch den Hörer spüren.
"Ist ja gut, -ich komme!"
Ich war wieder in der Realität angekommen.
"Ich beeile mich!"

"Schlechte Nachrichten?, -ist was passiert?"
Fräuleins Mutter stand die ganze Zeit neben mir.
"Anscheinend. Die Polizei ist bei uns zuhause. Ich muss heim!"
"Soll ich dich fahren?"
"Nein, vielen Dank, ich glaub` der Fußmarsch tut mir gut.
Dann werd` ich wieder nüchtern."
Mir war klar, dass sie gemerkt hatte, dass ich etwas zu viel getrunken hatte.

Ich zog meine Jacke an, schnappte meinen Rucksack und verabschiedete mich von ihr.
"Willst du nicht noch unten "Tschüss" sagen?", fragte sie mich.
"Nein, sagen sie einfach, meiner Mutter ginge es nicht gut und deshalb bin ich gegangen. Sie sollen den Abend genießen. Und danke."
Mein Verstand funktionierte schon wieder.

Ich brauchte knapp fünfzehn Minuten.
Manchmal joggte ich kurz, dann ging ich wieder schnelle Schritte.
Die ganze Zeit über, versuchte ich einen Grund zu finden warum?

Hatte Steffi`s Mutter die Polizei geschickt?
- Nein!
Aber in ihrem Falle wurde die Polizei auf jeden Fall mit eingeschaltet.
Klar, dann führte auch eine Spur zu mir!

Oder gab es noch jemanden, der die Aufmerksamkeiten auf mich
lenkte??

29 ("Questions" - Sylvan)

Ein Streifenwagen stand hinter dem Auto meiner Mutter.
Ich schloss die Haustüre auf und trat in den Flur.

"Oh, -gut dass du so schnell da bist!"
Ma kam mir schon entgegen.
Zwei uniformierte Beamte standen in der Küche. Einer ging sofort auf
mich zu.
"Wir kennen uns ja schon!", -er war mir sowohl vom Einbruch, -als
auch vom Einsatz im Jugendhaus bekannt.
"Geralt, wir müssen dich mitnehmen. Es läuft eine Anzeige wegen
schwerer Körperverletzung und Nachstellung! Wir haben einen
Haftbefehl gegen dich!"

Ich schluckte schwer.
"Hm? Von wem? -Und was soll ich getan haben?"
"Das brauchen wir dir hier nicht zu erklären." Er hielt mir ein
Schreiben vor die Nase.
"Tut mir leid, aber wir müssen dich auf`s Revier mitnehmen!"
Er griff nach hinten zu seinen Handschellen und die rechte Hand seines
Kollegen lag auf dessen Pistolenholster.

"Hey, hey, -ist gut! Ich werd` mitgehen, wenn ich auch nicht verstehe
warum? Ihr braucht mich nicht zu zwingen!"
Ich streckte ihm meine Hände entgegen.
"Geralt, was tust du und was passiert denn jetzt hier?"
Ma`s Tonfall war leicht hysterisch.

"Ma, ich werde mit den Beamten mitgehen. Ich habe nichts getan und das wird sich sehr schnell aufklären!"
-In Gedanken war ich mir da nicht so sicher.

"Haben sie getrunken?" -man konnte es wohl riechen?
"Hm!, -sie haben mich direkt von einer Silvesterparty hergeholt. Wasser haben wir nicht getrunken!", jetzt blitzte ich ihn an.
"Nicht frech werden!?"
Er schob mich in Richtung Haustüre.
"Sie nehmen ihn jetzt nicht wirklich mit?"
Ma konnte es noch immer nicht glauben.
"Doch, allen Ernstes!"
Der Beamte ging mit mir zum Streifenwagen und platzierte mich auf den Rücksitz.
"Ich komm` mit!"

Sie schnappte ihre Tasche und ging zum Auto.
"Sie können nichts tun. Er kommt in die Arrestzelle und übermorgen wird der Staatsanwalt vor Ort sein. Sie dürfen auch dann erst danach mit ihm reden. Am besten suchen sie sich einen Anwalt!"
Er schlug die Autotüre zu und ließ sie stehen.

Ich überlegte.
Was soll ich getan haben?

- Körperverletzung,
-Nachstellung???
Wer?
- Steffi`s Mutter? - Nein!
Sonst?
- Keine Ahnung!?
Bin ich immer noch betrunken?
- Träume ich das???
Auch nicht!!!

Ich sitze im Polizeiauto und werde zur Wache gefahren!

Realität!

30 ("Fridays Dream" - Arena)

Als erstes wurde ein Personalbogen ausgefüllt. Ich wurde fotografiert und meine Fingerabdrücke genommen.
Es war alles sehr spannend.
Ich kannte dies bisher nur aus diversen Serien oder Filmen.
Jetzt war es Wirklichkeit.
"Morgen Vormittag wird dir Blut abgenommen. Bis dahin hast du Zeit dich auszuschlafen und nüchtern zu werden."
Sie führten mich in die Zelle.
"Gutes Neues Jahr!", mehr konnte ich dazu nicht sagen.
-Sarkasmus! Aber ich konnte momentan nichts ändern.
"Danke, Dir auch! Gut dass du kooperativ bist!"
Was sollte ich sonst tun?
"Versuch zu schlafen! Gute Nacht!"
Die schwere Metalltüre zur Zelle ging zu und der Schlüssel wurde umgedreht.

Ich sah mich um.
Eine Pritsche mit Kopfkissen und Decke auf der linken, ein Waschbecken und eine metallene Toilette auf der rechten Seite. Mehr nicht.
Und es stank nach Desinfektionsmittel.
"Na dann!", dachte ich bei mir.
Ich legte mich auf die Pritsche und deckte mich zu.
("Was die ander`n wohl jetzt machen? -Birgit? - Ma? - Steffi?, -und wem und wieso hab` ich das zu verdanken?")
Meine Gedanken drehten sich um alles mögliche, und an Schlaf war so nicht zu denken!
Und doch wurde es irgendwann nächster Morgen!

31 ("Amora Demonis" - Hamadryad)

Ich konnte alles hören.
-Aber schlimmer war, -ich konnte alles riechen!

Die Zelle roch, -wie sagt man so schön,
-"nach allen Wohlgerüchen des Orients!".
Schweißgeruch drang mir aus der Wachstube entgegen, und "Old
Spice", -ein Rasierwasser erster Güte?, machte sich in meinen
Nasenhöhlen breit.

Meinem Gefühl nach musste es acht Uhr sein. Ich hatte meine mal
wieder nicht an.
Auf jeden Fall war es hell draußen, denn durchs Schlüsselloch
schimmerte Tageslicht.
Mein Magen knurrte.
Was zu Essen wär gar nicht schlecht, aber Kaffee wär mir noch lieber!

Mit metallenem Rasseln wurde ein Schlüssel ins Schloss gesteckt,
gedreht, und die schwere Stahltür schwang auf.
"Und? Gut geschlafen?", -ein mir unbekannter Beamter trat in die Zelle.
"Komm mit, der Arzt wird gleich da sein."
Ich stand auf und er führte mich in die Wachstube.
Ein weiterer Beamter saß hinter einem Schreibtisch und rauchte eine
Zigarette.
Der Kalender an der Wand war noch auf den 31.ten eingestellt.
"Ihr seid der Zeit hinterher."
Ich zeigte auf den Kalender.
"Gutes Neues Jahr."
Irgendwie war für mich alles sehr suspekt.
"Hat die Nachtschicht noch nicht umgesteckt!"

Er nahm ein Schreiben auf und fing an zu lesen.
"Na dann wollen wir mal sehen?"
Er spürte meinen Blick.
"Was soll ich getan haben? Und vor allem wem? Ich wurde gestern
Abend hierhergebracht und hab` keine Ahnung warum!?"
"Das sagen Alle! -Alle haben sie nichts getan!"
Er legte das Schreiben auf den Schreibtisch und blickte mich an.
"Das liest sich nicht gut! Sei froh dass wir dir keine Handschellen
angelegt haben!"
Ich streckte ihm wieder meine Hände entgegen.
"Bitte sagen sie mir doch warum?"

Er wollte gerade etwas sagen, da läutete die Einlassglocke.

"Ja bitte?"
"Guten Morgen, -ich bin der zuständige Arzt und soll heute früh eine Untersuchung durchführen!"
-Die Stimme kam mir bekannt vor!?

Der Türöffner summte.
Bevor die Person in die Amtsstube trat wusste ich schon wer es war.

Dr. Koppold.

32 ("Careful where you step" - Saga)

"Irgendetwas läuft hier schief!", dachte ich bei mir.

"Guten Morgen und ein gutes neues Jahr.", begrüßte er die Beamten.
Er stellte seinen Arztkoffer auf einen leeren Stuhl und wandte sich mir zu.
Er roch seltsam.

"Geralt! -Ich hab`s mir wieder fast gedacht als ich die Anklage gelesen habe."
"Wie bitte? Ich weiß nicht wovon ihr alle redet!?"
Komisch, er blickte mich nicht an.

"Ich muss dir Blut abnehmen und dich kurz durchchecken! Okay?"
"Bleibt mir was andres übrig?"
Er schüttelte kurz den Kopf und öffnete seine Tasche.
Der unangenehme Geruch wurde stärker als er mit einer Spritze und Kanüle neben mich trat.
"Sagen sie mir was los ist?"
"Darf ich nicht. Es wird später ein Anwalt kommen, der dir alles eröffnet!"
Er vermied weiterhin jeden Blickkontakt mit mir.
("...der mir alles eröffnet?"), -was ist das denn für ein Geschwafel?

Ich war mir sicher er hatte etwas zu verbergen und sein Blick würde ihn verraten!?

-Und plötzlich wusste ich es!

Er roch nach nassem Hund!!!?
Er hatte damit zu tun!!!!

Unruhig rutschte ich hin und her.
"Nur ein kleiner Piekser! Das braucht dich nicht zu beunruhigen!"
Er sprach leise zu mir und beugte sich über mich.
(Wenn du wüsstest was mich jetzt gerade beunruhigt!?).
Mein Gehirn und meine Sinne arbeiteten auf Hochtouren.
Und, ich konnte Eins und Eins zusammenzählen!

Blutabnahme, Blutdruckmessung, Herzfrequenz, -alles ließ ich mit mir machen.

Als er sich wieder über mich beugte um mir die Druckkompresse abzunehmen, schaute ich ihn direkt an.
Er wich mir sofort wieder aus.

"Was haben sie zu verbergen? Und was versuchen sie mir unterzuschieben?", ich flüsterte gerade so leise, dass nur er es hören konnte.
"Weiß nicht was du meinst?", flüsterte er zurück.
" - Du hast ein Problem, -nicht ich!"

"Noch!!?
Doch sobald sich dies hier geklärt hat, werden Sie ein Problem haben! Mit mir!!!"
Ich drohte ihm.
Und wenn er mich angeblickt hätte, dann hätte er erkannt dass mir damit todernst war!
Schnell packte er seine Sachen in die Tasche und füllte dann noch ein paar Formulare aus.
Ich wurde wieder in die Zelle geführt.
"Ja, -es lief einiges schief!".

33 ("Love in the Cage" - Vermillion Sands)

Jetzt hatte ich Zeit.

Sehr viel.

Die Pritsche war hart, aber das störte mich nicht.

Was ging hier vor, -oder besser gesagt, -was hatte Dr. Koppold vor?
Von Anfang an verhielt er sich merkwürdig?
Er wusste von Wolfgang, von mir, von unserer Vorgeschichte!
Er war immer da wenn irgendwas passiert war!
Er war der Nachbar von Steffi. -Ihrer Mutter?
Er roch nach nassem Hund!!!?

34 ("Breakfast in America" - Supertramp)

Es klopfte an der Metalltüre.
Ich hatte tatsächlich ein paar Stunden geschlafen.
"Deine Mutter ist da!"
Langsam setzte ich mich auf.
Die Tür ging auf und Ma kam mit einem Korb in die Zelle.

Er duftete herrlich.
Sie fiel mir um den Hals.
"Ma, lass los. Nicht so fest, ich bin ja da!"
"Geralt, du glaubst nicht was für Sorgen ich mir mache!?"
Sie hatte total verheulte Augen.
"Was hast du gemacht? Warum musst du hier sein?"
Ich musste sie von mir wegdrücken.
"Ma! Ich hab nichts gemacht, -oder besser gesagt ich weiß überhaupt
nichts und es sagt auch niemand was zu mir!"
-Verzweiflung!

Ich blickte auf den Korb.
"Hast du was zu Essen mitgebracht? Ich hab` Hunger."
Mit einer Hand nahm ich das Tuch zur Seite das obenauf lag.

"Ja, ich hab Kirschkrapfen gemacht. Und Kaffee hab ich auch dabei."
Für den Moment war alles andere unwichtig.
Mit Heißhunger machte ich mich über die Krapfen her.
Sie sah mir zu wie ich einen nach dem anderen in mich stopfte.

"Birgit hat heute früh angerufen. Ich hab ihr gesagt dass du noch nicht
zuhause bist!"
Mit vollem Mund blickte ich zu ihr auf.
"Hhm!", ich brauchte kurz.
"Ja, das war gut. Niemand soll davon wissen, bevor ich, oder wir nicht
wissen was los ist!"
"Geralt, ich darf nicht lange bleiben, -oder besser gesagt dürfte ich gar
nicht hier sein!? Aber einer der beiden Beamten ist ein sehr guter
Freund von Pa, und er hat es mir erlaubt dich kurz zu besuchen."
Ich nickte.

"Dir wird morgen durch einen Anwalt die Anklage verlesen, da darf
ich auch anwesend sein."
Ich nickte wieder zustimmend.
"Dr. Koppold wird als Sachverständiger seine Aussage machen und es
wird noch ein Zeuge aussagen."
Jetzt blieb mir der Bissen im Halse stecken.
Ich schluckte schwer.
"Dr. Koppold als Sachverständiger? - Und was für ein Zeuge??? - Und
für was denn???"
- Kann ich denn aus dieser Horrorstory noch aussteigen???

"Ma, -glaub mir, -Dr. Koppold hat es irgendwie auf mich abgesehen! Er
war von Anfang so komisch!"
Ich stand auf.
"Er, er machte auch heute früh auf mich den Eindruck als ob er mir was
unterschieben möchte!? Ich traue ihm nicht mehr.
Er hat irgendwas damit zu tun!!!"
Sie sah mich ungläubig an.

Die Türe ging auf.
"Sie müssen jetzt gehen, -es war eh schon zu lange. Sie dürfen ja
morgen wieder kommen. Um elf Uhr ist die Vernehmung."

Meine Mutter packte ihren Korb, -natürlich ließ sie mir noch die restlichen Krapfen da!

"Bis morgen. Ich werd` ein paar Telefonate führen und mich etwas umhören."

Sie drückte mich.

"Sag` Birgit `nen lieben Gruß und richte allen aus, dass es mir gut geht; -ich aber ihre Hilfe brauche! -Dann wissen sie Bescheid!"

Ich sah ihre Tränen als sie sich schnell umdrehte und nach draußen ging.

35 ("Themes from a Memory" - Dream Theater)

Für mich war jetzt eines ganz klar.

Dr. Koppold war derjenige, der hinter dem Ganzen stand.
Er war der Puppenspieler und sandte seine Marionetten aus um mir zu schaden.
Warum?
Und wer waren die Marionetten?

Gab es noch jemanden wie mich?

Der komische Geruch?
Das merkwürdige Gefühl der heimlichen Beobachtung von Birgit und mir?
Die Aussagen von Willi und dessen Videoaufzeichnungen?
Der fast tätliche Angriff auf Steffi`s Mutter?
Das auffällig verdächtige Verhalten von Dr. Koppold?

Alles zusammen hätte zu einer Anzeige und Verhaftung geführt; - aber was hab` ich damit zu tun???

Mir bleibt nichts anderes übrig, als auf Morgen zu warten!?

-Aber mit diesen Gedanken konnte ich wieder nicht schlafen!!!

36 ("Does it really Happen?" - Yes)

Ich war schon lange wach, als sie mich aus der Zelle in den
Vernehmungsraum führten.
Wie im Tribunal saßen sie um einen Tisch.

Der mir bekannte Beamte, ein mir Unbekannter im Anzug
(wahrscheinlich der Anwalt), Dr. Koppold, eine etwas ältere Dame an
einer Schreibmaschine?, und meine Mutter.
Jetzt kam ich und ein weiterer Beamter, der mich aus der Zelle geholt
hatte, hinzu.

-Es konnte losgehen! -…Endlich!!!

Nachdem mir alle vorgestellt wurden, setzte sich der Anwalt seine
Brille auf, nahm ein Schreiben auf und fing an es vorzulesen.

"Folgende Anklage wird gegen sie ausgesprochen:

-Sie werden beschuldigt, am 30.12.1977, gegen 23.30Uhr, in der
Freudenegger Straße, Frau Franziska Blum hinterrücks überfallen und
schwer verletzt zu haben, nachdem sie ihr die Tage zuvor mehrmals
aufgelauert sind. Dies wurde von einem Zeugen bestätigt."

"Waas? - Niemals!"
Ich musste mich konzentrieren und sortieren.
"Das war ich nicht!"

Der Anwalt fuhr mit sonorer Stimme fort.
"Die Beweislage spricht ganz klar gegen Sie, -und Herr Dr. Koppold
kann dies mit Fotos der Verletzungen des Opfers dokumentieren.
Außerdem wurden Sie von einem Zeugen bei der Tat beobachtet!"

"Das kann nicht sein. Sie müssen sich irren?"
Mein Puls beschleunigte extrem schnell.
" Und wer ist der Zeuge?"
Der Anwalt nickte Dr. Koppold zu, und dieser holte aus einer Mappe
ein paar Fotos hervor.

"Dies sind Bilder der Verletzungen vom Opfer."
Er schob mir die Bilder zu, so dass alle anderen sie aber auch sehen konnten.
"Die Verletzungen stammen nicht von irgendwelchen Waffen, sondern definitiv von Klauen eines Tieres.
-Eines Wolfs!!!"

Es war sehr still um den Tisch und jeder starrte auf die Fotos. Dann wurde ich mit ungläubigen Blicken bedacht.
"Außerdem stimmen die Blutproben aus den Wunden des Opfers exakt mit Deinen überein!"
Er stand auf, zeigte auf mich und blickte mir endlich in die Augen.

-Triumph, -Wohlwollen, -aber auch Hass???, sprach aus ihm.

Im wusste momentan nicht was ich sagen sollte!?
Aber mit meinem Blick antwortete ich ihm.
Und ich konnte erkennen, dass er mich verstand!

Meiner Mutter hatte es anscheinend komplett die Sprache verschlagen und sie blickte verwirrt zwischen uns hin und her.

Total fokussiert und besonnen ging ich jetzt auf die Anklage ein.

"Okay, -ich kann an manchen Reaktionen auf die Fotos entnehmen, dass nicht alle in meine Vorgeschichte involviert sind!?"
Einer der Beamten und die ältere Dame nickten kurz, -aber auch der Anwalt ließ ein gewisses Maß an Unwissenheit aufblitzen, was ihm einen strengen Blick von Dr. Koppold einbrachte.

"Ich mag in gewisser Weise "vorbestraft" sein; - aber ich war das nicht. Ich war zu dieser Zeit zuhause und meine Mutter kann dies bestätigen."
Sie nickte.
"Um halb elf hab` ich meine schwangere Freundin nachhause gebracht und bin dann um kurz vor elf Uhr zuhause gewesen. Wir saßen dann noch in der Küche und haben zusammen ein Glas Wein getrunken."
Meine Betonung lag dabei auf "schwanger!" und "wir".

Wieder nickte sie. (-Konnte sie nicht mehr reden? -...das war doch sonst nicht so???).

"Die Fotos zeigen eindeutig, dass die Wunden auf Klauen oder Reißzähne zurückzuführen sind."
Es wurde bejaht.
Jetzt übernahm ich die Verteidigung.

"Hat nicht Herr Dr. Koppold zwei scharfe, sehr große, wolfsähnliche Schäferhunde, die jeden in der Straße terrorisieren und am liebsten auf jemand losgehen würden wenn man vorbeigeht!?"
Bevor irgendjemand darauf was sagen konnte, meldete sich wieder Dr. Koppold.
"Ja, das stimmt, -ich habe zwei Schäferhunde. Die folgen mir auf`s Wort.
Und keiner von denen würde jemals irgendjemandem was antun, -außer ich befehle es ihnen."
Er plusterte sich auf.
"Und, der Zeuge hat Dich einwandfrei identifiziert!"

-Der Zeuge!!!
Gottseidank kommt endlich die Sprache auf ihn!
Bin gespannt wer mich da gesehen haben will???
Wer ist es???

Einer der Beamten stand auf.
"Der Zeuge hat sich bisher nur telefonisch gemeldet. Wir konnten ihn noch nicht persönlich vernehmen. Aber er hat uns versichert, dass er sie am Tatort gesehen hat."

Klar!!! -Wen sonst???
-Innerlich musste ich grinsen. Für mich war es offensichtlich.
Und ich hatte auch schon so meine Vermutungen.

"Darf man den Namen des Zeugen erfahren?", ich forderte den Beamten auf.

"Sein Name ist Wolfram Wagner."

37 ("Fading Lights" - Genesis)

Wolfram?
Hatte ich mich verhört?
-Nein?
-Doch! - Wolfram.

Es bestätigte meine Zweifel, aber jetzt musste ich mir wirklich das Lachen verkneifen.
Alles war jetzt so nachvollziehbar für mich.
Aber halt nur für mich!
Wieder ging ich Dr. Koppold mit meinen Blicken an, -aber er wich mir aus.

Schließlich schob der Anwalt die Unterlagen zusammen.
"Zusammenfassend muss ich jetzt feststellen, dass die Anklagepunkte nicht ausreichen um die Person", (-damit meinte er mich!), "weiterhin in Arrest zu stellen. Es bedarf hier einiger Prüfungen und Nachforschungen!"

-Vorläufige Erleichterung!
"Trotzdem heißt das für sie", -das galt mir!, "-sie halten sich zur weiteren Verfügung! Wir werden sie nach der Zeugenvernehmung kontaktieren und gegebenenfalls müssen wir sie wieder inhaftieren. Es kann auch zu einer Gegenüberstellung kommen."

-Jaaaaa, bitte!!!! (-Ich hoffte darauf!).

" Momentan muss ich sie bis auf weiteres gehen lassen."
Er packte die Unterlagen in seine Tasche, -ungeachtet der ungläubigen Blicke von Dr. Koppold.

Ja, -das hast du dir anders vorgestellt?
- Das waren meine Gedanken.

Ma stand auch auf.
"Lass uns ganz schnell gehen!", sagte sie zu mir.
Dann wandte sie sich zum Anwalt.

"Unsere Nummer und Adresse haben sie ja. Gutes Neues Jahr!"
Sie hatte ihre Sprache wiedergefunden.

Die Versammlung löste sich auf.
Ich musste noch ein paar Papiere unterschreiben dann durften wir
gehen.

Ma war schon draußen.
Ich ging an Dr. Koppold vorbei.

"Heute hast du noch mal Schwein gehabt!?, -aber schon bald werd` ich
dich kriegen. Und deine Mutter auch!"
Alles in mir schrie danach ihm eine so richtig zu ballern!!!!
"Was willst Du dagegen machen?", zischte er mir zu.
Todernst antwortete ich ihm.

"Hhm? …-ich werde Sie töten!"
"Ach ja?", seine Tonlage klang süffisant.
"Warum machst Du`s dann nicht gleich?"

"Zu müde!"

Ich wandte mich um und ließ ihn stehen.

38 ("Meeting" - Jon Anderson)

Ma und ich saßen noch sehr lange in der Küche und diskutierten.
Manchmal wurde es etwas lauter, wenn meine An- und Absichten sich
nicht mit ihren im Einklang befanden.

Danach ging ich in den Flur zum Telefon und rief Alle an.

Und endlich ging ich dann ins Bett und fiel in einen traumlosen Schlaf,
-der mir sehr gut tat.

39 ("Clocks" - Steve Hackett)

..Steffi, ..Schaufel, ..Schädel, -..Berber und Conny, ..Fräulein, -und
natürlich auch Birgit.
Alle waren da.
Auch Heike und Ralf.
-Den hatte ich gebeten für uns die Teestube zu reservieren. Danach
hatte ich die anderen angerufen und sie für heute Nachmittag um
fünfzehn Uhr eingeladen.
Es waren Alle gekommen.

Wir saßen wieder im Kreis und ich erzählte ihnen was in den letzen
achtundvierzig Stunden passiert war.
Birgit hatte ich es bereits ausführlich am Telefon berichtet, -und so hatte
sie immer wieder Zeit, Steffi genauer zu beobachten.

Diese wich mir mit ihren Blicken nicht von den Lippen, was Birgit
sichtlich ärgerte.
-Aber für mich gab es jetzt Wichtigeres!

"Also eins sag` ich Dir, Wuchty! .
-Das Buch wäre ein Bestseller?, -und wir spielen die Hauptrolle.
Ich bräucht` nur noch jemanden der`s für mich schreibt!?"
Fräulein sah sich in der Runde um, doch aktuell war`s niemandem
zum Lachen.

Ich nahm mir noch ein Bier aus dem Kasten der in der Ecke stand,
öffnete es mit meinen Zähnen und spuckte den Deckel wieder in den
Kasten zurück.
"Geralt!?"
Birgit sah mich strafend an.
"Was!!!", genervt blitzte ich sie an, -aber sofort entschuldigte ich mich
mit einem weiteren Blick bei ihr.
Nein, -ich durfte mich nicht gehen lassen.
-Und ich konnte die Situation auch nicht alleine klären!
- Ich brauchte ihrer aller Hilfe!

-Und die bekam ich!

-So wie früher, -mit zehn Jahren, -als man eine "Bande" hatte, -ein Baumhaus oder eine Burg zusammen baute; -Geheimpläne schmiedete; ...- genau so saßen wir jetzt zusammen, -redeten, -diskutierten, -ja, manchmal lachten wir auch, -aber alle waren auf das eine Thema fokussiert!
-Sie wollten mir helfen!

Und letztendlich hatten wir einen Plan!
Und einen guten noch dazu!!!

40 ("I`m not Blind" - Presto Ballet)

"Geralt.
Du kannst froh sein solche Freunde zu haben. Und ich bin auch froh dass ich ein Teil davon sein darf!"
Birgit ging mit mir als letztes die Treppen nach unten. Die anderen waren schon voraus.
"Du bist mehr als nur ein Teil davon. Und es tut mir leid wie ich vorher reagiert habe!"
"Schon gut, -du machst gerade viel durch und mit mir wird es auch nicht einfacher.
Ich bin gereizt, unruhig und hab Angst um uns!"
Sie legte dabei eine Hand auf ihr kleines Bäuchlein.

"Und diese Steffi frisst dich ja mit ihren Blicken auf?"
-Eifersucht?
"Hey!", wir blieben im Flur stehen und ich hielt sie ganz fest.
"Jetzt sag` ich zu Dir dass alles gut wird! Obwohl ich mir da selbst nicht im Klaren bin? Ich möchte niemanden anderen an meiner Seite als Dich!
-Egal was mit uns passiert!!!"

Wir gingen nach drinnen.
Die Jungs und Steffi hatten es sich schon wieder in der Couchecke bequem gemacht.
"Ich komm` gleich nach."

Ich ließ sie los und sie ging nach hinten.

An der Bar saß wieder Stefan mit zwei seiner Saufkumpane.
Ralf kümmerte sich dahinter um diverse Getränke.
"Willst du Ma irgendetwas von unserem Plan erzählen?"
Er mixte einen Cocktail.
"Sie wird mit Sicherheit fragen und alles wissen wollen. Aber ich werd`
ihr nur das nötigste sagen."
"Du weißt aber dass sie mehr als neugierig ist und auch ihren eigenen
Kopf hat!?"
"Ja, so wie Du und Ich ja auch!"
Er reichte mir den Cocktail.

"Nimm mit. Für Steffi. - Sie scheinen sich ja doch zu verstehen!?"
Mit dem Finger zeigte er zur Couchecke, wo jetzt Birgit und Steffi
nebeneinander saßen und sich angeregt unterhielten.
"Hoffentlich! -Das würde mir jetzt grad noch fehlen wenn`s zum
Zickenkrieg kommt!!?"

Mit dem Cocktail in der Hand musste ich an Stefan vorbei.
"Soo!, hast heut` beide dabei?", sagte er mit einem Blick zur Couchecke.
"Tu` dir selbst einen Gefallen und lass mich heute in Ruhe!",
- ich schaute ihn dabei nur kurz von der Seite an.
-Ich hätte einen Moment länger schauen sollen!?

Seine Faust knallte mit voller Wucht auf meinen Wangenknochen und
ich flog auf die Tanzfläche.
Das Glas zerbrach in viele Scherben und der Inhalt spritzte durch den
Raum.
Ich war benommen und er stand sofort über mir, packte mich und zog
mich hoch. Er war gut zwanzig Kilo schwerer als ich und er hatte
enorme Kraft.
"Heute bin ich nüchtern, da kannst mich nicht mit irgendwelchen
Tricks einlullen!"

Alle waren aufgesprungen und Birgit und Steffi hielten sich die Hand
vor den Mund.
"Los, wehr Dich!", schrie er mich an.

Blut lief mir von der Wange in die Mundwinkel.
Meine Zunge leckte es gierig auf.
Es schmeckte wie immer süß!!!
Adrenalin pur!

Er holte zum nächsten Hieb aus, aber ich wich ihm schnell aus.
"Ich will mich nicht mit dir schlagen!".
Ich hielt beide Hände hoch.
Ralf kam mit seinem Baseballschläger hinter`m Tresen vor. Er blickte
auf Stefans Kumpels.
Mit einer Geste meiner flachen Hand und meinem Blick deutete ich ihm
dass er sich nicht einmischen sollte.
Ich hatte mich trotz allem unter Kontrolle und war selbst erstaunt
darüber.

"Stefan, es tut mir leid wenn ich irgendetwas gemacht habe, das dich
beleidigt oder aufgebracht hat. Ich werde mich nicht mit dir schlagen,
-ich hab eh` schon genug!"
Mit den Fingern der Linken wischte ich mir das Blut von der Wange
und hielt sie ihm entgegen. Ich vermied es aber ihm dabei in die Augen
zu sehen.
(-…aber immer wieder auf die gleiche Stelle?, -dachte ich bei mir!).
"Du hast gewonnen!", sagte ich kleinlaut zu ihm.

-Keiner!!!
-Wahrscheinlich auch er nicht!? - verstand was ich damit meinte.
Ich hielt ihm meine Rechte entgegen.
Alle Blicke waren jetzt auf ihn gerichtet.
Langsam schien sich seine Energie und Wut zu entladen. Er blickte sich
zu seinen Kumpels um.
Diese nickten.
Mit wiedergewonnener Würde drückte er mir kurz die Hand.
"Danke!", sagte ich zu ihm.
Und ich wunderte mich wieder darüber.
"Die nächste Runde für euch drei geht auf mich!".
Er drehte sich um und wurde mit Schulterklopfen seiner Kumpane
bedacht.
Ralf zeigte mir den Daumenhoch!

Steffi lief mit einem Taschentuch zu mir und tupfte mir die Wange.
"-Du hättest ihn mit Leichtigkeit schlagen können!???"
"Hhm!?"

Schaufel und die anderen traten fragend auf mich zu.
"Alles okay mit mir!", sagte ich.
Wo war Birgit? Ich schaute in die Runde.
Sie saß zusammengekauert auf dem Sofa.
Ich setzte mich neben sie.
Es dauerte eine Weile bis sie zu mir sprach.

41 ("Just changing hands" - IQ)

"Ich glaube es ist besser wenn wir uns eine Weile nicht mehr sehen!?
Ich kann das alles wirklich nicht mehr! - Und das hatten wir schon mal!
Obwohl ich momentan auch ein klein bisschen stolz auf dich bin dass
du dich nicht darauf eingelassen hast!"
Ihre Worte verwirrten mich.
"Auch die Ausführung eures Planes den ihr euch zurechtgelegt hab
halte ich für irrsinnig!"

Jetzt verstand ich sie nicht.
"Aber du hast doch vorher auch zugestimmt, dass wir es so machen
sollen!"
"Ich habe einfach nur genickt! Du bringst Dich in Gefahr! -Und wenn
Du das tust betrifft es auch automatisch mich."
Ihr war es momentan egal, dass jetzt wieder alle um uns rum saßen.

"Ich trage unser Kind in mir.
Und es soll gesund auf die Welt kommen,
-und es soll einen,
-nein, -den Vater haben!"
Jetzt bemerkte sie dass ihr alle zuhörten.
" Und vielleicht ist das gerade nicht der beste Platz um das
auszudiskutieren!?"
Sie stand auf und zog ihren Mantel an.

"Birgit! Was ist denn mit dir? Wir stehen doch alle hinter Euch!"
-Fräulein.
"Das hab` ich ja grad gesehen!?
-Und anscheinend hast ja noch jemanden der für Dich da ist!"
Ihr Blick fiel auf Steffi.
Dann drehte sie sich um und ging.
Was war denn jetzt?
Ich bin einer Auseinandersetzung aus dem Wege gegangen, hab einen
in die Fresse gekriegt, -und dann werd` ich von meiner Freundin
niedergemacht!

"Du solltest ihr hinterher gehen!"
-Schaufel.
"Gefährliche Zeiten. Vorhin haben wir darüber geredet. Sie sollte nicht
alleine gehen!"
Er hatte Recht. -Aber ich wollte nicht.

"Ich geh ihr hinterher. Bin ja auch mit dran schuld, dass sie jetzt so
denkt!?"
Auch Steffi zog ihren Mantel an und lief nach draußen.
"Mann, Mann, Mann, -was passiert denn mit uns?"
Schädel hatte heute noch nicht viel gesagt.
"Vielleicht solltet ihr auch alle gehen!", ich blickte sie an.
"Nein! Nicht mit uns! Das ziehen wir gemeinsam durch!"
Berber sprach für alle!

42 ("Amaranth" - Nightwish)

"Birgit! -Warte!"
Steffi hatte sie gleich eingeholt.

Sie blieb abrupt stehen und drehte sich um.
"Was?!!" Sie war sichtlich angefressen.
"Lass uns zusammen gehen, -möchte auch mit dir reden!?"
"Weiß nicht was?"
Jetzt gingen sie nebeneinander.

"Ich möchte nicht dass du einen falschen Eindruck von mir bekommst?
…",
Birgit fiel ihr ins Wort.
"Den hab ich glaub` schon! Denkst du mir ist nicht aufgefallen wie du
Geralt anschmachtest?"
"Da hast du ja Recht damit, -aber das ist halt so meine Art! Ich denk`
mir nichts dabei! Ich falle auf, -provoziere, -flirte gerne, -aber ich bin
nicht falsch!!"
Jetzt waren sie stehengeblieben und blickten sich an.

Steffi sprach weiter.
"Ich habe nicht die Absicht mich zwischen euch zu drängen! Obwohl
ich schon sagen muss, dass Geralt ein ganz lecker Schnittchen ist!
Und du kannst stolz sein ihn als Freund zu haben!"
Die Gesichtszüge und Körperhaltung von Birgit entspannten sich
etwas.

Sie nickte kurz.
"Er ist was Besonderes, -nicht nur wegen seiner "Besonderheit!"

Steffi legte ihr den Arm auf die Schulter und Birgit ließ es zu.
"Lass uns weitergehen. Vielleicht können wir uns ja die nächsten Tage
mal treffen, dann können wir in Ruhe reden?"
"Ja, das machen wir! Und, -Entschuldige!"
"Ich bin auch nicht nachtragend!"
Wieder schauten sie sich an.
"Komm, ich begleite dich noch heim", Steffi hängte sich bei Birgit ein.

43 ("No regrets" - Saga)

Es war erst kurz nach halb sieben.
Ich hatte keine Lust mehr im Jugendhaus zu bleiben.
Ich hatte auch keine Lust auf Stefans hämisches Grinsen, -jedes Mal
wenn er zu mir blickte.
"Hey, seid mir nicht böse, aber ich werde jetzt gehen! Ich brauch frische
Luft und muss mich gedanklich sortieren!"

"Soll ich mitgehen?"
Schaufel stand auf.
"Nein, dank dir, -aber wir machen alles so wie wir es besprochen haben! Lasst uns dann telefonieren!" , das galt jetzt allen, und sie nickten.
Wieder musste ich an Stefan vorbei und schaute ihn dabei nicht an.
Dann ging ich zu Ralf hinter die Bar.

"Wie geht`s, -und was war denn mit Birgit?", er zeigte auf meine Backe.
Mit einer Hand wischte ich mir übers Gesicht und spürte eine schöne Schwellung.
"Alles gut!"
"Nichts ist gut! Geralt. Andauernd passiert irgendwas mit Dir!? Wo willst du hin?"
"Ich muss nachdenken!"
"Mach ja keine Dummheiten. Am besten du gehst heim und schläfst noch mal richtig! Du weißt was wir die nächsten Tage vorhaben?!"
Er sprach gerade so laut, dass nur wir es hören konnten.
"Hhm!"
Ich ließ ihn stehen und ging.

44 ("Through her Eyes" - Dream Theater)

Mein Kopf war wieder durcheinander.
Und er tat auch weh.
Stefan hatte mir sauber eine verpasst!

Alle wollten sie mir gute Ratschläge geben, -auf mich aufpassen, …und, und, und!
Wäre es nicht besser wenn ich alles alleine mache???
Ich kann niemanden mehr mit in Gefahr bringen!
- Sie sind es doch schon!!!

Es war kalt und als ich aufschaute merkte ich, dass ich die Strasse nicht nach unten Richtung Kino gegangen bin, sondern mich der Zollhauskreuzung näherte.

"Löwenhof?", ich stellte mir selber die Frage?
"Warum nicht!", ebenso beantwortete ich sie mir!

Ich setzte mich an einen kleinen Tisch und hängte meine Jacke über die Stuhllehne. Es war noch nicht viel los.

"Ouh! Was ist denn dir passiert?"
Rosi setzte sich zu mir.
"Bin vorhin ausgerutscht!"
"Soll ich dir ein Kühlpad bringen?"
"Nein, Bier ist mir lieber!"
Sie spürte dass ich keine Lust zum Reden hatte und stand wieder auf.
Mit einer Flasche in der Hand kam sie gleich zurück und setzte sich wieder.

"Muß dir trotzdem was komisches erzählen! -Gesternabend waren zwei Typen da."
Ich nahm einen großen Schluck und hielt mir die Flasche an die Backe.
"Hab die zwei hier noch nie gesehen. Aber sie haben gleich nachdem sie bestellt hatten nach dir gefragt!"
Sie hatte meine Aufmerksamkeit.
"Ich habe ihnen gesagt dass ich über keinen meiner Gäste Auskunft gebe. Vor allem nicht an Fremde!", ich sah sie zustimmend an.
"Beschreib sie mir, wie haben sie ausgesehen?"
"Tja,. Beide vielleicht etwas älter wie du. Aah, -und sie waren komplett in schwarz gekleidet. Mehr ist mir nicht aufgefallen. Hab aber auch nicht mehr groß darauf geachtet. War gestern richtig viel los!"
Es klang fast wie eine Entschuldigung.
"Danke, Rosi. Das reicht mir."

Wieder wurden meine Vermutungen bestätigt.
"Bist du in Schwierigkeiten? Kann man dir helfen?", sie fragte es nicht einfach so beiläufig.
"Nein. …Oder doch! Sag mal, weißt du ob Willi heute Abend noch kommt?"
-Er war Teil unseres Plans.
Sie schüttelte den Kopf.
"Heute nicht. Er hat Spätschicht.

Da kommt er meistens erst wieder am Samstag. Soll ich irgendwas ausrichten, falls doch?"
"Brauchst nicht, aber du kannst mir noch ein Bier bringen!", ich trank die Flasche aus und hielt sie ihr entgegen.
"Läuft!"

45 ("A different Man" - Knight Area)

Bis zum nächsten Vollmond dauerte es noch knapp zwei Wochen. Bis dahin musste ich Gewissheit haben, was meine Vermutungen betraf!?

Ich hatte sehr vieles zum Nachdenken!

Die Bilder die mir Dr. Koppold von der Frau zeigte, die ich angeblich verletzt haben sollte, sahen wirklich schrecklich aus.
Und es stimmte schon was er ausführte.

Von einem Hund, -auch einem sehr großen, konnten solche Verletzungen nicht sein!?
-Gab es wirklich noch mal jemanden wie mich?
Wieder war mein Bier leer und ich bestellte noch eins.
-Aber wie sollte mein Blut in die Wunden kommen, wenn ich es nicht war?

Dr. Koppold!
-Ich war mir jetzt so sicher!
Er hatte mir Blut abgenommen.
-Und er hatte auch von seltsamen Blutbildern bei Wolfgang`s Mutter und ihm gesprochen.
Sicher hatte er auch von ihnen noch Blutproben in seinem Labor?
Das ergab Sinn.

Ich nahm einen großen Schluck, schnaufte hörbar ein und aus und rubbelte wieder am Etikett der Flasche.
Rosi beobachtete mich interessiert.

Ein neuer, -zuerst absurd anmutender Gedanke schlich sich in mein Gehirn.
Aber je öfters ich dieses Szenario durchspielte, -verfestigte er sich immer mehr.

Was, -wenn Dr. Koppold jemandem Blut von mir, oder von Wolfgang injiziert hatte und Experimente damit machte?
Vielleicht sogar Wolfram, Wolf-Dieter oder Rudi???

Sicher wurden damals ihre Verletzungen von ihm behandelt, da er ja als Notfallarzt immer mit als erstes an den Tatorten war?
Da hatte er Gelegenheiten genug.

Mir lief es eiskalt über den Rücken.
Wer weiß, ob er nicht schon früher Experimente damit gemacht hat?
-…mit Wolfgang!?

"Geralt? -Alles okay mit dir. Du bist ganz blass!"
Rosi holte mich aus meinen Gedanken.
"Ja, alles okay."

46 ("Show don`t tell" - Rush)

Die kalte Luft beim Heimlaufen tat mir wieder gut.
Sollte ich Birgit noch anrufen?
Hhm, - Nein.
Sie sollte sich diesmal bei mir melden.

Ma saß im Wohnzimmer, strickte und hörte dabei Glenn Miller.
Der hatte auch meinem Vater immer gefallen.

"Ich muss mit dir reden!", ich setzte mich in den Sessel ihr gegenüber.
"Jesses, -was ist mit deinem Gesicht passiert?"
Schnell legte sie ihr Strickzeug weg.
"Nichts Besonderes, hatte die Hände in der Jackentasche und bin ausgerutscht. - Peng! Hat bisschen geblutet, sonst nichts!"

"Ma, hör zu!
Es sind ein paar Sachen passiert von denen du noch nichts weißt.
Die Clique und ich, wir haben uns heute Mittag getroffen. Ralf war
auch dabei. Wir diskutierten einen gemeinsamen Plan. In der
Zwischenzeit bin ich mir aber nicht mehr so sicher, ob der
funktioniert!?"
Ich berichtete ihr alles.
Aufmerksam hörte sie zu, ohne mich zu unterbrechen.
Es entstand eine kurze Pause nachdem ich ausgesprochen hatte.

Mutter stand auf und ging in die Küche.
Sie kam mit einer Flasche Rotwein, zwei Gläsern und Zigaretten
zurück.
"Für mich nicht, -ich hatte schon einiges an Bier."
"Zigarette?"
"Hhm."
Ich nahm mir eine.
In unserem Wohnzimmer erlaubte Ma nur zu besonderen Anlässen das
Rauchen!?

"Du lagst schon damals mit deinen Vermutungen gegenüber Wolfgang
und Johann richtig. Auch mit Dr. Koppold!"
Sie zog an ihrer Zigarette und inhalierte tief.
"Was können wir jetzt tun?"

"Wahrscheinlich werde ich ja wieder inhaftiert, wenn der Anwalt die
Aussage von Wolfram bekommt. Dann kann ich erstmal gar nichts
machen. Und die Schule geht am Montag auch wieder los."
Ich stand auf und ging durchs Wohnzimmer.

"Solange ich jetzt noch kann, werde ich spionieren gehen. Ich brauch`
irgendwelche Beweise!"
"Wie stellst du dir das vor? -Spionieren gehen? Mach mir keine
Dummheiten!!"

"Du,?…" ich setzte mich jetzt neben sie.
"Du kennst doch diesen Polizisten sehr gut. Er weiß ja auch von mir
und allem was früher passiert ist.

Denkst du, du kannst ihn anrufen und von ihm die Adresse von Wolfram erfahren?
Ich hab` schon die Jungs gefragt und im Telefonbuch nachgesehen, - nichts! Das müsste aber sehr schnell gehen, -am besten sofort morgen früh.
Ich möchte ihm so schnell wie möglich einen Besuch abstatten!"
Ma sah mich ungläubig an.

"Was willst du? Und was soll ich?", sie trank ihr Glas leer.
"Ma, es muss schnell gehen. Und ich weiß dass ich etwas von ihm erfahren werde. Er wird mir alles sagen!"
Adrenalin stieg wieder in mir auf und mir wurde heiß.

"Wie willst du das anstellen?" , es lag etwas Angst in ihrer Stimme.
"Auf meine Art! -Mit mir sind sie auch nicht zimperlich umgegangen.
Jetzt drehe ich den Spieß um!"
Ich glaube meine Augen fingen wieder zu leuchten an.

Sie schenkte sich nochmals ein.
"Puuh, -ich halte es nicht für gut, aber auf der einen Seite scheint es mir eine Möglichkeit zu sein, etwas hintergründiges zu erfahren. Aber was, wenn du falschliegst???"
"Das kann nicht sein, und das liegt doch auf der Hand! Er soll gegen mich aussagen.
Er lügt. Er kann mich gar nicht gesehen haben.
Und du weißt das am besten!!!"

Ein weiterer großer Schluck.
"Okay, ich versuch`s. Ich werde gleich um sieben telefonieren.
-Und du rufst dafür Birgit morgen an!
-Versprochen?"

"Versprochen!"

V - The turn of the Cards

47 ("Poor Man`s Moody Blues" - BJH)

Zufrieden ging ich aufs Zimmer.
Ich legte "Gone to Earth" von BJH auf den Plattenteller und legte mich aufs Bett.
Mein Plan stand fest.

Hoffentlich bekam Ma die Adresse.
Das wird dann eine Überraschung.
Außerdem wollte ich morgen noch bei Willi vorbei.
Er musste mir helfen.

Die Musik beruhigte mich und ich schlief tatsächlich ein.

Kurz vor acht hangelte ich mich aus dem Bett.
Schnelle "Katzenwäsche" und schon stand ich in der Küche.

Ma hatte Kaffee gekocht.
"Guten Morgen", begrüßte sie mich.
"Wir werden sehen ob er das wird?"
Ich schenkte mir eine Tasse voll.
"Denk schon, -ich hab um sieben bei der Polizei angerufen und hatte Glück."
Sie hielt mir einen Zettel entgegen.
"Die Adresse!"
"Ey, wie hast du das den hingekriegt?"
Mein Blick flog über den Zettel.
"Tja, ich denke das bleibt mein Geheimnis. Und erzähl`s niemandem, das musste ich versprechen!"
"Dann wird`s doch ein guter Morgen!"
Ich trank meinen Kaffee leer und stand auf.

"Wo willst du hin?"
"Zuerst werde ich dem "Zeugen" einen Besuch abstatten, und dann geh ich noch zu Willi."

"Mach mir keinen Blödsinn! Du steckst schon viel zu tief drin!
Mach`s nicht noch schlimmer!?"
Ein sorgenvoller Blick.
"Keine Angst. Kennst mich doch!", es sollte ironisch klingen.
"Ganz genau das meine ich ja!!!"

Ich zog meinen Mantel an und ging.
-Birgit hatte ich bewusst nicht angerufen!

48 ("Beyond the Eyelids" - Riverside)

Es war ganz schön weit nach Aufheim.
Aber ich ging sehr schnell, so wurde es mir trotz der Kälte warm.
Ich wusste noch nicht wie ich ihm entgegentreten sollte, falls er
zuhause war?
Das sollte die Situation ergeben!

Knapp eine Stunde.
Es war kurz nach zehn Uhr, als ich vor dem kleinen Häuschen stand.
Ich konnte nichts ungewöhnliches riechen.
Die Türglocke war für meine Ohren etwas zu laut.
Aber man sollte sie ja auch hören.
Es dauerte einen Moment und dann konnte ich durch das Milchglas
eine kleine Gestalt erkennen.

Die Türe wurde ein Stückchen geöffnet und eine Sicherheitskette
verhinderte das vollkommene Aufschwingen.
Eine etwas ältere Frau blickte mich durch den Spalt an.
"Hallo ?..Fr. Wagner?"
Ich war mir nicht sicher ob es die Mutter oder die Oma war?
"Ich bin ein Schulfreund von Wolfram und müsste ihn was dringendes
fragen? -Ist er da?".
Wieder ließ ich meine blauen Augen strahlen und hatte meinen Kopf so
gedreht, dass sie die Schwellung meiner Backe nicht sehen konnte.
"Ja, der ist oben. Soll ich ihn rufen?"
"Das wär` lieb von Ihnen!"

Tatsächlich hängte sie die Kette aus, wandte sich um und trat in den Hausflur.

"Wolfram? - Wolfram komm runter. Ein Freund von dir ist da!"

"Ja Oma, -ich komme. Ist es Rudi?", rief es von oben.

"-Nein, ich kenn` den Jungen nicht."

Dann drehte sie sich wieder zu mir.

"Komm rein. Er kommt runter."

Sie ging wieder vor mir und deutete nach oben.

Ich war extrem angespannt.

Von der Holztreppe polterte es.

Aus der letzen Windung nach unten tauchte Wolfram auf.

"Du?", erschrocken blieb er stehen als er mich sah.

"Ja, ich.", ich fixierte ihn mit meinem Blick.

"-Freust du dich?"

Schnell hatte er sich wieder unter Kontrolle und er schaute zu seiner Oma, die immer noch im Flur stand.

"Danke Oma, das ist Geralt aus meiner ehemaligen Schule. Wir gehen nach oben!"

Ich war erstaunt über seine Reaktion.

"Komm mit."

Er drehte sich um und ich folgte ihm die Treppen hoch.

-Schluss mit Verhaltensregeln!

Von hinten griff ich seinen Arm, drehte ihn zu mir und packte seinen Hals. Ich würgte ihn und drückte ihn mit meinem Körpergewicht gegen die Wand seines Zimmers.

Er wollte sich wehren, schlug nach mir, -aber ich drückte nur noch fester zu!

"Warum? -Und wer steckt dahinter?"

Wir brauchten nicht um den heißen Brei herumquatschen.

Er wusste von was ich rede!

Es kam nur ein leichtes Röcheln aus seiner Kehle.

Seine Gegenwehr ließ nach und er wurde auch schon etwas blau im Gesicht.

Ich lockerte meinen Griff.

"Können wir reden oder muss ich dir noch mehr weh tun?"
"-Reden!", es war ein leichtes Flüstern.
"Okay, ich lass dich jetzt los, dann setzen wir uns, und dann
beantwortest du meine Fragen!?"
Er nickte und löste sich.

Das große Kiss-Poster hinter ihm fiel von der Wand. Die kleinen
Reißnägel hatten seinen Befreiungsversuchen nachgegeben.

Inmitten des Zimmers lagen zwei graue Sitzsäcke.
Wir setzten uns.
"Wir haben noch nie vernünftig miteinander gesprochen. Ich kenne
dich nur als Marionette von Wolfgang und dann von Rudi!"
Ich fixierte ihn.
"Und in wessen Kasperltheater spielst du jetzt mit???
-Das ist doch sicher nicht auf deinem Mist gewachsen? -Was soll das
mit der "Zeugenaussage"? Und wer will mir was unterschieben???"
Viele Fragen auf einmal, aber ich hatte noch viel mehr!

Doch jetzt sollte er reden!
Er atmete heftig, aber ich sah ihm an, dass er immer noch nicht
begriffen hatte um was es mir ging!?
Doch ich blieb ruhig und versuchte es ihm jetzt in einfachen Sätzen zu
erklären.

"Also pass auf Wolfram! Wir haben jetzt zwei Möglichkeiten."
Ich überlegte kurz.
"Nein Drei! - Wir haben drei Möglichkeiten!

Die erste.
-Du erzählst mir alles was ich wissen will.
Dann überlegst du dir was du dem Anwalt für eine Geschichte
auftischen möchtest, -oder ob du überhaupt noch eine Aussage machen
willst?
-Und du bleibst am Leben!"

Jetzt musste ich Luft holen.

"Die zweite.
-Du erzählst mir irgendeinen Scheiß; -machst deine Aussage; -ich werd`
verhaftet; -muss vielleicht für ein paar Monate einsitzen.
-Wenn überhaupt?
-Komm` wieder raus; -und werde den Spieß umdrehen!
-Ich werde alle töten die daran beteiligt waren.
-Auch deine Oma!!!"

Meine Augen leuchteten, und er konnte es deutlich sehen.

"Oder,
-die dritte Möglichkeit!?

-Ich töte dich gleich!!!"

49 ("Trust" - Saga)

Sein Herz schlug sehr schnell und er atmete hörbar aus und ein.
Jetzt hatte er es begriffen.

Er hatte Angst und ich zog mir den Geruch durch die Nase.

Schließlich sagte er,
"…egal für welche Möglichkeit ich mich entscheide, ich werde tot
sein!?"
"Warum denn?"
"Doch, …-auch wenn ich die erste Möglichkeit wähle,…"
-Unsicherheit und Verzweiflung sprachen aus seiner Stimme.
"…-auch dann bin ich tot! Sie werden mich umbringen!"

Seine Hände zitterten und sein Blick irrte wild im Zimmer umher.
"Wer wird dich dann umbringen? Rudi, -Wolf-Dieter, oder vielleicht
Dr. Koppold?"
Angsterfüllt fragte er nach.
"Woher weißt du dass wir es sind?"
Geständnis und Gewissheit!

"Sag mal hälst du mich für blöd? -Auch du kannst doch eins und eins zusammenzählen?"
Jetzt musste ich alles von ihm erfahren.
Ich schüttelte ihn kurz.

Er schnaufte tief.
Sein Nasenbein war nicht mehr gerade. Es hatte sich ein kleiner Knorpel gebildet.
Dort hatte ihn damals der Schlag von Johann getroffen.

"Wolfram, erzähl mir alles. Wir können gemeinsam dafür sorgen dass alles aufhört.
Ich kann es aufhalten und werde auch auf dich aufpassen. Vor dem nächsten Vollmond wird hoffentlich nichts passieren!
Aber du musst mir dabei helfen!!!"
Eindringlich blickte ich ihm in die Augen.
Ich hatte ihn fast!?
"Du hast selbst gesagt, dass du keine Wahl hast, -also entscheide dich für mich, -und du bleibst am Leben!"
(-Wow, jetzt war ich selbst von mir überrascht!)

Er überlegte.
Ich konnte fast körperlich spüren, wie es in ihm arbeitete.

Sag`s mir, -vertrau mir!
-Meine Gedanken forderten ihn auf.
-Würde ich mir in seiner Situation vertrauen???

50 ("Living with the big Lie" - Marillion)

"Okay, -ich werde dir alles sagen. Und ich hoffe dass ich jetzt das Richtige mache?"
Sein innerer Widerstand war gebrochen und er lehnte sich etwas zurück.
"Ich war von Anfang an dagegen. Mir gefiel das alles nicht, -aber Rudi und Dr. Koppold zwangen uns fast dazu!"

Ich fiel ihm ins Wort.
"Wer ist uns, -Wolf-Dieter und du?"
Er nickte und fuhr fort.

"Dr. Koppold versammelte uns alle gemeinsam in seiner Praxis.
Sie wurde zu unserem Treffpunkt. Er hatte schon längst vorher Rudi
auf seine Seite gebracht. Das war leicht, denn Rudi wollte schon immer
so sein wie Wolfgang!
-Und er hasst Dich!!!"

Kurze Stille.
Den Treffpunkt merkte ich mir.

"Und du? Hasst du mich auch?"
"Nein, ich hatte nie was gegen dich.
Ich bin einfach nur hinter Wolfgang, -und vor allem Rudi hergelaufen.
Sie bestimmten, -ich folgte!
Bevor ich in ihre Gang kam war ich niemand. Ich wurde gehänselt,
-man trieb derbe Späße mit mir und lachte mich aus. Das änderte sich
dann ganz schnell. Plötzlich hatten alle Angst vor mir, -oder besser
gesagt vor der Gang.
Obwohl ich vieles was wir getan haben nicht wollte, machte ich einfach
mit."
Er stützte seinen Kopf mit den Händen.

-Jetzt tat er mir fast leid.
"Wolfram, ich kann das nachvollziehen. Aber schau dich doch mal an.
Du bist ein toller Kerl. Wirf dein Leben nicht weg. Lass nicht andere
darüber entscheiden was du tun sollst.
Vor allem nichts Unrechtes!!!"
Ich hatte ihn!
"-Erzähl weiter! Was wollte Dr. Koppold von euch?"

"Er wollte uns als Probanden. Oder besser gesagt als
Versuchskaninchen!
Er versicherte uns, dass er uns alle so verwandeln könnte wie
Wolfgang. Sogar noch stärker, -da er ja auch im Besitz deiner DNA
war!"

(…dieser feige Drecksack!), dachte ich bei mir.
-Treibt seine perversen Spielchen auf Kosten anderer!

"Rudi war natürlich sofort Feuer und Flamme. Er war auch der erste,
dem der Doktor das Serum spritzte."
Jetzt wurde es richtig spannend!?

"Seine Verletzungen heilten daraufhin sehr schnell.
-Uns, also Wolf-Dieter und mir wollte er es noch nicht verabreichen, da
er erst sehen wollte wie es bei Rudi wirkte. Doch tatsächlich sollten wir
es nie bekommen!
Er war der Leitwolf und Rudi sollte zu seiner Waffe werden. Wir waren
und blieben die Handlanger. Aber wir steckten schon viel zu tief drin.
Und das nutzte er aus!"
Es sprudelte nur noch so aus ihm raus.

"Regelmäßig verabreiche er Rudi seine Dosis und der wurde stärker
und stärker. Bei jeder Vollmondphase traten neue Veränderungen in
ihm auf und er wurde wilder und gieriger!
-Wir durften nur beobachten.
Und schließlich, -letzten Monat, hatte sich Rudi`s Blut so verändert,
dass er ohne weiteres Serum auf die Mondphase reagierte.
Dr. Koppold hatte es geschafft.
Rudi wurde zum Werwolf!!!"

"Das ist abscheulich!" (…ich meinte das Experiment!).
Ich stand auf und ging irritiert durch sein Zimmer.

"Aber warum hat es Dr. Koppold auf mich abgesehen?
Bei Rudi fällt mir da einiges ein, -obwohl ich ihn auch nicht verstehe!"

Jetzt, da er alles preisgegeben hatte, wirkte er viel gelassener als vorher.
"Es hat wohl irgendetwas aus Deiner und der Vergangenheit deiner
Familie zu tun. Außerdem hatte er wohl auch schon mit Wolfgang
Experimente gemacht. -Aber der ist ja jetzt tot."
"Ja, das könnte ein Grund dafür sein!",
-ich nickte ihm zu.

"Ich muss sie aufhalten!",
wie ein Tiger im Käfig ging ich weiter umher.
"Und du musst mir dabei helfen!?"
"Ich hab dir doch schon alles gesagt! Was willst du noch?"
Er wurde wieder unsicher.

"Wann musst du deine Aussage machen? Und musst du zur Polizei,
oder kommt der Anwalt zu dir?"
Ich setzte mich wieder.
"Ich geh auf die Wache. Hab heute Mittag um fünfzehn Uhr Termin."
-Na da war ich ja gerade noch rechtzeitig.
"Wolf-Dieter holt mich um halb drei ab. Er darf aber zur Aussage nicht
mit rein."
"Das ist gut! Was hast du ihnen bisher erzählt und was wirst du heute
sagen?"

"Es war der Plan vom Doktor. Rudi sollte der Frau nur Angst einjagen,
ihr nachstellen und sie in Panik versetzen. Dann sollte ich auftauchen
und er sich in die Büsche schlagen.
Aber das ging schief.
Er hatte sich nicht mehr unter Kontrolle, fiel über sie her und verletzte
sie. Als sie bewusstlos im Schnee lag, liess er von ihr ab.
Ich kam ihr dann zur Hilfe.
Der Doktor hatte dann auch die Idee mit deinem Blut und Speichel in
ihren Wunden! -Das und meine Aussage würden dich dann hinter
Gitter bringen!?
Ich habe aber bisher nur ausgesagt, dass ich eine große, kräftige Gestalt
mit etwas zu langen Armen gesehen habe, die die Frau überfallen hat.
Als ich ihnen nähergekommen bin und laut gerufen habe ist die Gestalt
verschwunden!"
Sehr gut, -mein Name war von ihm noch nicht gefallen.

Er fuhr fort.
"Dr. Koppold brachte sofort dich ins Spiel und manipulierte meine
Aussage und auch ein paar der Beweise."
Ja, das hatte ich auf der Polizeiwache gemerkt.
"Okay!"
Ich war sichtlich erleichtert.

"Du bist eine große Hilfe! -Und wir werden das jetzt gemeinsam durchstehen.
Du musst deine Aussage machen, genauso wie du sie mir gerade erzählt hast. Nur wirst du dem Anwalt versichern, dass du die Gestalt nicht identifizieren oder jemandem zuordnen kannst, -da es einfach zu dunkel dafür war."
Ich legte ihm die Hände auf die Schultern.

"Kannst du und willst du das so machen? -Ich weiß, dass es nicht einfach für dich wird. Du hast die anderen verraten, -aber du hast das einzig richtige getan!
Und, -ich lass dich nicht hängen!!!"

Er nickte und reichte mir die Hand.
"Bin froh, dass ich es dir erzählt habe. Auch wenn ich noch `ne Weile dafür brauche. Ich möchte auch dass es aufhört.
Der Doktor verliert immer mehr die Kontrolle.
Rudi hat in der letzten Mondphase noch einer weiteren Frau nachgestellt. Er wird immer unberechenbarer."

-Steffi`s Mutter!, schoss es mir durch den Kopf.

"Und?", -ich ließ ihm etwas Zeit blickte ihn aber direkt an.
"Ich zieh`s so durch! Ich halt zu dir!", er erwiderte meinen Blick.
"Danke!"

51 ("Crying for Help IV" - Arena)

Es war Mittag vorbei als ich mich von Wolframs Oma verabschiedete.
Alles hatte sich bewahrheitet!

Mir wurde klar, dass ich meinen Plan ändern musste.
Und ich wusste auch schon wie!

Ich ging ohne Umwege zu Willi.
Für ihn hatte ich noch eine besondere Aufgabe.

Der Rückweg kam mir kürzer vor, aber das lag wahrscheinlich da dran, dass mir jede Menge Gedanken im Kopf rumschwirrten.

Laika fing an zu bellen als ich den Hof betrat. Sie hörte aber auch schnell auf als sie mich gewittert hatte.
Willi öffnete noch etwas zerzaust und verschlafen die Türe.
"Hi, -hab ich dich geweckt? Tut mir leid, aber ich muss dringend mit dir reden!"
"Nein, passt schon. Musste eh aufstehen, sonst bin ich nicht fit für die Nachtschicht."
Mit eingezogener Rute schlich Laika zwischen unseren Beinen herum.

"Was ist los?" Er ging mit mir zur Couch.
"Kaffee?, -ich brauch einen!"
"Ja, gut!" Ich setzte mich und Laika legte sich neben meine Füße und leckte mir die Knöchel.
Er kam mit zwei großen Tassen zurück.
"Also, was ist so wichtig?"
Ich erzählte ihm alles was seit unserem letzten Treffen passiert war. Auch das Verhör von Wolfram und dessen Geständnis.
"Okay,…ist ganz schön heavy! -Und was brauchst du jetzt von mir?" Er zündete sich eine Zigarette an.

"Willi, …ich möchte mir deine Kamera ausleihen und bitte dich, dass du mir hilfst sie bei Dr. Koppold zuhause zu montieren!?"
"Was?", er blickte mich fragend an.
"Ich brauche Zeugen für meine Vermutungen, und der beste Beweis ist eine Live-Aufnahme davon!"

"Wie stellst du dir das vor?"
"Bald ist wieder Vollmond. Bis dahin sollte die Kamera mit dem Recorder bei ihm montiert sein. Er hat einen hölzernen Dachstuhl, bei dem die großen Dachbalken weit über den First bis zur Garage und seinen Zwingern hervorstehen. Er hat diese mit lamellenartiger Dachpappe abgedeckt. Das wäre der ideale Platz die Kamera zu verstecken. Man könnte den Eingangsbereich, die Zwinger und die Garage überwachen."
Ich war voller Euphorie.

"Und wann willst du die Kamera verstecken?"
"Er geht jeden Abend mit seinen Hunden wenn er von der Praxis
kommt. Mindestens zwei Stunden. Diese Zeit sollte uns genügen!?"

"Uns?"
Fragend blickte er mich jetzt an.
"Klar uns?
- Bist doch kein Weichei???
-Und außerdem brauch ich jemand der mir die Leiter trägt!?"
Frech strotzte ich seinem Blick.
"Nee, nee, nee!"
-Er wird doch wohl nicht kneifen?

"Nee, - die Leiter trägst schon du, -ich nehme die Kamera!"
Wir lachten.
"Wie wär`s, wenn du morgen Mittag mitgehst, wenn ich mit Laika
laufe und wir gehen auf dem Rückweg am Haus vom Doktor vorbei
und schauen uns das ganze an?"
"Klasse Vorschlag. Bin dabei."
-Handschlag zum Abschied!

52 ("The last man on Earth" - Pendragon)

Heute war Freitag.
Mein neuer Plan nahm immer mehr Realität an.
Hoffentlich blieb Wolfram standhaft?!
Die Clique war raus und ich brachte dann niemanden mehr in Gefahr.

Wir wollten uns alle heute Abend im Jugendhaus treffen.
Für die meisten ging es am Montag wieder zur Arbeit, oder so wie für
mich in die Schule.
Nein, -Birgit wollte ich nichts davon erzählen. Ich wollte sie auch nicht
anrufen.

Soll Sie sich doch mal melden!?

Ma saß in der Küche als ich gegen halb fünf zurück kam.
Sie sah mich traurig an und ich konnte erkennen dass sie geweint hatte.
"Was los?", ich setzte mich neben sie.

"Pa geht`s nicht gut. Ich war heute bei ihm. Er liegt im Bett und hat
hohes Fieber. Er schafft es nicht mal in seinen Rollstuhl. - Und er
reagiert auf gar nichts mehr! -Mach mir sehr große Sorgen!",
-ihre Augen wurden wieder feucht.
"Ich geh` morgenfrüh mit Dir zu ihm!", ich drückte ihre Hand.
"Danke! -und, wie war`s bei Dir?
Du warst lange weg und ich hab mir auch um dich Sorgen gemacht!
Das neue Jahr fängt gar nicht gut an! "
"Ma, -ich hab Wolfram zum Reden gebracht. Musste ihm nicht mal
groß weh tun!?"
Erschrocken sah sie mich an.

"Nein, " wehrte ich ab.
"Er hat mir alles von selbst erzählt, nachdem er seinen Schreck
überwunden hatte, als ich vor ihm stand!"
Gerade noch die Kurve gekriegt!
Dann erzählte ich ihr von Willi und meinem neuen Vorhaben.

"Ich weiß nicht ob ich das für gut heißen soll?"
"Klar, dann haben wir Beweise dafür in der Hand und können ihm das
Handwerk legen!"
"Geralt, du magst ja Recht haben. Aber trotzdem!"
"Was trotzdem? Das ist ein guter Plan!"
"Ja, das ist er.
Aber beim nächsten Vollmond läuft da draußen eine gefährliche
Gestalt durch die Gegend. Und wir wissen nicht auf wen er es noch,
-außer Dir, abgesehen hat!"

"Stimmt!",
-ich hatte in meiner Euphorie Rudi vergessen.
Er war die ausführende Gefahr. Und so wie Wolfram berichtet hatte
wurde er immer wilder und unberechenbarer.

Das Tier gewann die Oberhand.

"Haben wir Bier?"
Sie deutete auf den Kühlschrank. "Zwei Flaschen müssten da sein?"
Ich holte mir eine und öffnete sie wieder mit den Zähnen.
"Gewöhn` dir das schnellstens ab!"
Es klang wie ein Befehl.

Nach einem großen Schluck setzte ich mich wieder, drehte ihren Kopf
zu mir und sagte:
"Ich werde dem endgültig ein Ende bereiten. Ich muss Rudi töten!!!"

"Das kannst du nicht!", sie schluckte schwer, bevor sie fortfuhr.

"Werwölfe können ihresgleichen nicht töten, -nur die Lebenden sind
dazu imstande!!!"

53 ("Going for the One" - Yes)

Steffi saß in der Couchecke des Jugendhauses und ihre Haare glühten
im Halbdunkel und im Schein des Schwarzlichts.
Sie winkte mir zu.
Ich ging aber zuerst hinter die Theke zu Ralf und Heike.
"Können wir nachher wieder für ein Weilchen nach oben. Es gibt
Neuigkeiten!", fragte ich ihn.
"Klar, -Schorsch ist auch wieder da und er kann uns kurz vertreten!
-Bier?"
"Hhm!"
Seit heute Mittag machte sich eine Anspannung und ein gewisses Maß
an Aggressivität in mir breit.

Ich war nicht mehr so gut drauf!
Steffi stand auf und fiel mir um den Hals. Sie küsste mich direkt auf
den Mund.
Irritation!
"Warum machst du das? Ich denk du bist mit Schaufel zusammen?"
"Hee, -sag bloß det gefällt dir nicht? Wärst ja der erste!!!"
Sie blitzte mich wieder an.

"Spaß!!!, -Geralt, -des ist Spaß für mich und ich denk mir nichts dabei!
Das hab ich auch Birgit gesagt, dass sie sich keine Gedanken machen
braucht!!!"
Sie strahlte mich an.

-Birgit!? Ich hatte mich immer noch nicht bei ihr gemeldet.
-Sie sich aber auch nicht!
-Vergessen? -Nein, …-niemals!
-Verdrängt? …zur Seite geschoben?
…beleidigt???, …falscher Stolz???
…-schon eher!?

Eine halbe Stunde später waren alle da.
Bis auf Birgit.
Kurze Begrüßungen und jeder redete irgendwas belangloses.
"Können wir kurz nach oben? Muss euch was sagen!"
Alle standen sofort auf.
Im vorbeigehen nickte ich Ralf und Heike zu und wir gingen
gemeinsam hoch.

"Es hat sich einiges neues getan. Wir, -oder ich werden unseren Plan
ändern.
Es geht jetzt nur noch um mich!"
Sie blickten mich fragend an und ich erzählte ihnen von den letzen
Tagen.

"Wer hat was zu rauchen? -Egal was!", -wieder war es Fräulein, der als
erstes seinen Beitrag leistete.
"-Dann brauchst du also doch noch jemanden von uns?, -oder so?, -um
Rudi aufzuhalten???".
Ich war nicht überrascht, dass diese Schlussfolgerung von Ralf kam.

"Jemand soll für dich töten? Und ist das echt die einzige Möglichkeit?"
-Steffi hatte es auf den Punkt gebracht.
"Okay, - ich mach`s !!!,-…".
Sie stand auf, schüttelte ihre Haare und lud eine imaginäre Pumpgun
durch. Dann tat sie so als würde sie auf jeden von uns schießen.
"Bämm, -Bämm,…-aber, ich machs nicht für umme!!!"
"Steffi, du bist Mega!!!" Fräulein sprang auf.

"-Und wenn er sich dann noch bewegt, dann geb ich ihm den Rest!!!"
"Klar!, ...-so wie damals auf dem Rummel!!?"
Jetzt war es Schaufel der es kommentierte.
"Hoffentlich hat er dann auch so einen prallgefüllten Geldbeutel
dabei!?"
Für einen kurzen Moment waren wir wieder der Realität entglitten.

"Jungs, ..hey, ...-das ist weitaus ernster als die Schlägerei auf dem
Rummel. Trotzdem, - Danke an euch.
Aber ich möchte niemanden mehr von euch in Gefahr bringen!
Ich bin auf der Suche nach einer ernsthaften Lösung!?
-Wenn`s die überhaupt gibt???"

Ralf übernahm wieder mal das Wort.
"Vielleicht kannst du ja wirklich mit der Kamera so viele Beweise
sammeln, dass es ausreicht um Dr. Koppold und Rudi verhaften zu
lassen. Dann sperren sie die ein, -oder sie kommen in irgendeine
psychische Klinik?"
"Glaubst du wirklich Rudi würde sich verhaften lassen?",
-ich schüttelte dabei den Kopf.
"-Vor allem nicht während der Mondphase!"
Er, und auch die anderen schüttelten gleichzeitig den Kopf.
"Okay, -ihr wisst jetzt aber auf jeden Fall alle Bescheid. Ihr braucht
nichts mehr für mich tun.
Aber ich möchte mich trotzdem bei euch bedanken.
Ich habe die letzten Monate erfahren und gespürt, was es heißt, -und
wie viel es wert ist, wenn man echte Freunde hat!
Ich konnte euch diese Zuneigung bis jetzt nicht zurückgeben."
Ich blickte in die Runde und alle sahen mich verwundert an.
"Vielen Dank an Euch!"

Ich drehte mich um und ging nach unten. Jetzt war ich den Tränen
nahe, obwohl ich innerlich fast platzte.
Von Schorsch ließ ich mir ein Bier geben und setzte mich in unsere
Ecke.
Nach kurzer Zeit kamen auch die anderen und setzten sich um mich.
Ich rubbelte wieder am Etikett meiner Flasche.
Aus den Boxen dröhnte plötzlich "Going for the One" von Yes.

Ich blickte zur Bar und Ralf hielt mir den Daumen hoch!
Alle um mich ebenso!!!

54 ("Fading Senses" - IQ)

Das Bier forderte seinen Tribut!
Ich musste zur Toilette.

An der Bar saß natürlich wieder Stefan mit seinen Kumpels.
-Nicht der schon wieder !?, -dachte ich bei mir.
-Ich hau ihn vom Hocker!!!
Vielleicht konnte er es aber aus meinem Blick entnehmen, denn er
verhielt sich friedlich und ich nickte ihm nur kurz zu.
-Schade eigentlich!
…-Er wäre mir gerade recht gekommen!!

"Wie geht`s deiner Mutter?"
Ich setzte mich neben Steffi als ich zurückkam.
"Besser. Sie hat auch nach dir gefragt. Ich hab ihr erzählt dass du zur
Polizei gegangen bist und eine Aussage gemacht hast. Das hat ihr gut
getan! Aber sie möchte nicht mehr alleine aus dem Haus.
-Verständlich!"

"Und?…", der nächste Satz fiel mir schwer.
Aber ich hatte das Gefühl sie wartete schon darauf!?
"…,was hast du denn mit Birgit alles geredet? Ich hab sie seit dem
Abend nicht mehr gesprochen?"
"Dann solltest du das schnellstens wieder tun!", begleitet von einem
vorwurfsvollen Blick an mich.
"Sie mag dich sehr und hat große Angst um Dich. Sie versteht auch
dass du eine schwere Bürde auf deinen Schultern trägst und es auch für
dich nicht einfach ist, -so damit umzugehen!
Geralt, -sie liebt Dich."
Sie rückte näher.

"Und ja, -du bist ein Schnittchen! -Das hab` ich auch Birgit gesagt.

Und, -in jedem anderen Leben wäre ich froh, jemanden wie dich an meiner Seite zu haben. Schicksal hin- oder her!?"
Puh, - mir fehlten die Worte. Ich drehte sie zu mir, -und dann drückte ich ihr einen Kuss auf die Lippen!

"Stopp! -Sittenpolizei!!! Was ist da los?"
Schaufel streckte mir die flache Hand entgegen.
"Nichts Besonderes!"
-Ich klatschte ihn ab.
"Ist nur ein neues Experiment!"
"Jetzt bin ich aber dran!"
-Er gab Steffi die Hand und zog sie auf die Tanzfläche.

55 ("The Angels Share" - Geddy Lee)

Ich rief trotzdem nicht bei ihr an!

Ma und ich waren um zehn Uhr im Heim.
Wir standen um Pa`s Bett und beobachteten ihn. Sein Gesicht war aschfahl und seine Wangen eingefallen.
Ich konnte ganz feine Atemzüge hören.
Er lebte noch!

"Wir haben ihm Antibiotika gegeben, -er isst nicht mehr und reagiert auch sonst nicht!
-Wenn es bis Morgen nicht besser wird, müssen wir ihn ins Krankenhaus bringen!"
Schwester Inge sprach sehr leise zu meiner Mutter, -aber ich konnte alles deutlich verstehen.
"Gut, -macht das!", sie schluckte schwer.

Im Schwesternzimmer redete Inge dann Klartext.
"Sein Immunsystem ist sehr stark angegriffen. Wir können ihm hier nicht mehr helfen! Ich glaube nicht dass es noch lange so weitergeht!!?
-Für die Überführung ins Krankenhaus brauchen wir deine Unterschrift."

Sie hielt ihr ein Formular entgegen und drückte dabei ihre Hand.
"Sollen wir vorher noch einen Arzt kommen lassen?"
"Wer ist bei euch zuständig?", fragte ich sofort nach.
"Normalerweise Dr. Koppold.
Außer er ist nicht verfügbar oder im Urlaub. Dann kommt ab und an
Dr. Faisst aus Neu-Ulm."
"Nein, dann nicht nötig!", antworteten wir beide fast gleichzeitig.

Wir redeten zuhause kein Wort. Irgendwie wussten wir beide dass es
bald so weit sein würde.

Ist es denn nicht alles schon schwierig genug?
-Kommt jetzt noch mehr dazu???

"Kann ich dich alleine lassen?", es war kurz vor drei und ich wollte los.
"Geht schon. Ich hab bei Heike angerufen und sie und Ralf kommen
nachher noch vorbei. Sie sollen auch wissen was los ist!"
"Okay, -sag Grüße!"
Ich konnte aus ihrem Blick die nächste Frage lesen.
"Ich geh` zu Willi, - und danach zu Birgit. Ich komm` dann gegen elf.
Sollt` ich bei Birgit übernachten, -was ich eher nicht glaube, dann ruf
ich noch kurz an!?"
-Lüge!

"Tu das !"

56 ("Onward" - Yes)

Willi alberte mit Laika im Garten als ich ums Haus kam. Er warf
Schneebälle und sie versuchte sie in der Luft mit der Schnauze zu
fangen.
Das Spiel war schnell vorbei, als sie mich wahrnahm.

"Können wir?"
Kurze Begrüßung.
"Los geht`s!"

Er schnappte sich die Leine die über den Gartenzaun hing und wir liefen los.
Es dämmerte schon, als wir in die Straße zu Dr. Koppolds Haus kamen.
Willi nahm Laika an die Leine. Doch es blieb ruhig.
Die Zwinger waren leer.
Trotzdem verhielt sich Laika äußerst komisch. Sie jaulte leise und kreiste um unsere Beine. Wir mussten bei jedem Schritt aufpassen um nicht über sie zu stolpern.

Mein Blick fiel kurz auf das Haus von Steffi gegenüber.
Die Rolläden in der Küche waren schon unten. -Ob sie wohl zuhause ist? - oder bei Schaufel?
"Wo denkst du ists am besten?"
Willi holte mich aus meinen Gedanken.
Sofort war ich bei ihm.
"Der große Mittelbalken. Da kreuzen sich zwei weitere und es bilden sich Schatten. Ich denke da fallen die Kamera und der Recorder nicht auf?"
"Ja, das sieht gut aus. Und vor allem brauchen wir nur vier Schrauben zur Befestigung. Das ist schnell gemacht. Den Recorder können wir obenauf stellen!"
Er nickte zu seiner eigenen Ausführung.

-Aber dann sagte er etwas was mich beunruhigte!?
"Was ist, wenn er selber Kameras installiert hat?"
Ich blickte ihn an, und gleichzeitig drehten wir die Köpfe wieder zum Dachstuhl. Wir suchten alles ab.
-Nichts.
Es wurde dunkel und wir sollten auch wieder gehen.
Wir standen schon lange genug vor seinem Haus.

Als wir wieder bei Willi ankamen sagte er,
"Okay Gerald. Ich werde dir helfen. Gib mir kurz vorher Bescheid, dann kann ich alles vorbereiten!"
"Danke, -hast was gut bei mir! Bist heut` noch bei Rosi?"
"Denk schon. Muss mein Glück wieder auf die Probe stellen!"
"Vielleicht sehen wir uns!?"
Ich warf für Laika noch einen Schneeball, drehte mich um und ging.

57 ("Closer" - IQ)

Das neue Jahr war noch keine drei Wochen alt.
Doch es war so viel passiert, dass es mir schon wie eine Ewigkeit
vorkam!

Ich ging zum Waldsee.
Der Schnee reflektierte so viel Licht, dass ich ohne Probleme den Weg
zum Steg fand.
Wieder warf ich Schneebälle ins Wasser und beobachtete die kleinen,
kreisrunden Wellenbewegungen, die sich immer weiter ausbreiteten.
Ich war total beunruhigt.

Etwas Großes, -etwas Schlimmes kam auf mich zu.
Es kündigte sich mit Vehemenz an und ich wusste immer noch nicht,
ob ich imstande war es aufzuhalten?
Am Ende wird alles wieder auf eine Konfrontation hinaus laufen.
Es war unvermeidlich!
-Und es würde wieder Tote geben!!!
-Da war ich mir jetzt sicher!

Rudi!
Warum machte er das?
Wieso hatte er sich auf diese irrwitzige Sache eingelassen?
Er hatte mir sein Wort gegeben!
Aber wer weiß?
Vielleicht hätte ich es auch getan!?
Ich hatte ihn gedemütigt!
-Und nicht nur einmal!
Und jetzt konnte er zurückkehren und es mir heimzahlen!
-Stärker als je zuvor!!!

Ein neuer Gedanke schwirrte umher.
Ich griff ihn auf und spielte mit ihm!?.
-Ja, das lässt sich nicht schlecht an!?, sprach ich zu mir.

Mal sehen!?

58 (Excerpts from the lyrics of "The Seventh House" - IQ)

-My life is out of conditions,
I`ve held it together myself the best I can
I`ll never feel this way again!?

59 ("Beauty and the Beast" - Nightwish)

Vom Waldsee war es nicht weit zu Birgit.

Die Rolläden im Untergeschoss waren überall unten und auf der
Terasse funkelte eine Lichterkette.
Doch ich ging schnell am Haus vorbei.
Nein, ich wollte noch immer nicht mit ihr reden.
Lust aufs Jugendhaus hatte ich auch keine!

Ich ging zum Löwenhof.

Der Gastraum und die Bar waren vollbesetzt. Rosi hatte alle Hände voll
zu tun.
Doch das liebte sie.
Im Vorbeigehen warf sie mir einen kurzen fragenden Blick zu.
Ich nickte zurück.
Es war sowohl Begrüßung als auch meine Bierbestellung.
Ich ging Richtung Spielautomaten und lehnte mich daneben an die
Wand.
Einige bekannte Gesichter saßen an den Tischen und Willi ließ seine
Finger wieder über die Tasten tanzen.
Nach kurzer Zeit brachte Rosi mir ein Bier.
"Na, geht`s wieder?"
Dies galt meiner Wange.
Aber daran hatte ich schon nicht mehr gedacht und auch die
Schwellung war so gut wie weg.

"Danke. Passt!"
Dies galt sowohl ihrer Frage, als auch dem Bier.

Sie sah heute atemberaubend aus.
Unverholen blickte ich sie von oben bis unten an.
Weiße Bluse, die Ärmel gerafft und die Knöpfe nur zur Hälfte
geschlossen.
Darunter ein durchsichtiger schwarzer BH, der ihren vollen Busen
eindrucksvoll betonte. Ihre langen, bestrumpften Beine steckten in
schwarzen hochhakigen Pumps. Das ganze wurde durch einen
ebenfalls schwarzen, engen Minirock perfekt abgerundet.
"Wow! Du siehst klasse aus!"
Sie versteckte ihr attraktives Äußeres meist in einem weiten Sweatshirt,
über das sie eine ärmellose graue Weste trug und einer Jeans.

"Tja, -"Frau" kann auch anders! Aber danke für das Kompliment. Ich
war heute bei einer Feier und hatte keine Zeit mehr zum Umziehen!"
"Solltest du öfters anziehen! -Hast tolle Beine!"
"Flirtest du mit mir? -Du weißt, dass ich immun dagegen bin!?"
Sie strich mir über die Wange.
Als sie sich umdrehte konnte ich nicht anders als ihr auf den Hintern
zu schauen.

"Charmeur!"
Willi hatte unser Gespräch gehört.
"Aber stimmt!
-Was magst trinken, ich geb` was aus. Hab dreihundert Mark
gewonnen."
"Gratuliere! -Wenn ich nur auch soviel Glück hätte!?",
…das war nicht aufs Spiel bezogen.
"Komm, -wir nehmen ein Tablett Jacky-Cola!?"
Er hob den Arm und schnippste Richtung Tresen.
"Rooosi!!!"
Als sie mit dem Tablett kam musste sie sich ganz eng an mir
vorbeischlängeln.

"Puh, -ich krieg gleich Hitzen wegen Dir!!!", sie fühlte sich toll an und
ich stellte mich bewusst etwas in den Weg.

"Geralt!, reiß dich zusammen. So kenn ich dich ja gar nicht!"
" -"Mann" kann auch anders!"
-Stimmt.
So kannte ich mich auch nicht!

Eine Stunde und ein weiteres Tablett später.
Ich hatte mir einen der Barhocker ergattert, musste jetzt aber aufpassen,
dass ich nicht runter fiel.
Kein Gedanke mehr für das was war oder kommt!

Mir war mehr wie heiß und so langsam fing sich alles an zu drehen. Ich
trank sonst nur Bier und so wirkte der Jacky um so schneller.
"Noch eins?"
Wir stellten das letzte leere Glas gemeinsam zurück.
"Mir egal, -bin eh schon voll! Ich muss mal wohin!"
Ich stand langsam auf und konzentrierte mich.
Trotzdem schwankte ich.

Drei Typen standen zwischen der Bar und der Toilettentüre, -auch
schon angetrunken.
"Vorbei?!"
Sie reagierten nicht.
Ich wollte einen zur Seite schieben, doch er meinte es besonders wichtig
und stellte sich mir provozierend in den Weg.
Mich drückte die Blase und es wurde langsam eng; -und außerdem
nervte es mich!

"Wie heißt das Zauberwort? -Du lächerlicher kleiner Wicht???",
er baute sich noch breiter vor mir auf.
"Hhm? -Vorbei, -bitte?".
Mehr wollte ich ihnen aber nicht zugestehen.
"Falsch!"
Sein Atem roch nach Nikotin, Bier und Zahnstein.
"Das Zauberwort heißt Freibier! -Wenn du vorbei willst kostet dich das
ein Bier!"
-Er amüsierte mich! Aber ich musste dringend und hatte keine Zeit
mehr für Verzögerungen!!!
"Lass mich vorbei, oder ich seich dir an`d Fiass na!!!"

Ich trat schon von einem Fuß auf den anderen.
Nein, -ich wollte nicht mehr nachgeben. -Aber zuerst…!
"Okay, ich geh jetzt aufs Klo. -und wenn ich zurück komm gibt`s, -…-
na dann gibts für euch was für umsonst!"

Rosi war in der Zwischenzeit auch auf uns aufmerksam geworden.
"Alles klar mit euch, -Jungs?", rief sie über den Tresen.
Sie schauten kurz zu ihr rüber.
Diesen Augenblick brauchte ich.
Ich schlüpfte an ihnen vorbei und schaffte es tatsächlich noch, bevor`s
in die Hose ging.
Ich schloss die Türe der WC-Kabine, verrichtete mein Geschäft und
setzte mich dann auf die Klobrille.

-Was soll ich jetzt machen?
Ich hätte so große Lust mich zu schlagen?
-Aber ich bin betrunken.
Trotzdem!!!
Wahrscheinlich krieg` ich ein, zwei auf`s Maul.
Aber ich könnte mit ihnen fertig werden!?
Vielleicht reicht`s auch wenn ich einen von ihnen flachlege, so dass die
anderen Muffe kriegen?
Also los!

60 ("Street fighting Years" - Simple Minds)

Doch es kam nicht soweit.
Als ich aus dem WC trat, stand Rosi vor den Dreien und redete mit
ihnen.

"Du bist Geralt?", -der Typ der mich angemacht hatte stellte mir die
Frage.
"Ja?", entgegnete ich ihm und blickte ungläubig zu Rosi.
"Sorry, -wollt` Dich nicht blöd anmachen!"
Er streckte mir die Hand entgegen.
Ich verstand immer noch nichts!

"Du hast die Wolves-Gang aufgemischt und Rudi zusammengefaltet?!"
Es klang fast euphorisch.
"Hhm?", mehr konnte ich nicht sagen.

"Wir wurden immer von ihnen terrorisiert. Seitdem lassen sie uns aber
in Ruhe. Anscheinend hat Rudi es jetzt nur noch auf Dich abgesehen!"
Seine Worte beruhigten mich nicht gerade.
Rosi ging wieder hinter die Bar und diesmal warf sie mir einen
bewundernden Blick zu.
"Du kennst Rudi und hast ihn gesprochen?"
Es fiel mir schwer seinen Worten zu folgen.

"Ja, Mann. Wir wohnen in der gleichen Straße und hatten die ganze
Zeit Stress mit ihm. Dann haben wir ihn längere Zeit nicht mehr
gesehen. Vor ein paar Tagen liefen wir uns wieder über den Weg. -Oder
besser gesagt wir gingen uns aus dem Weg!
Er sagte er hätte wichtigeres zu tun, als sich mit uns zu prügeln. Aber
wir würden unser Fett noch abbekommen! Er sah aber irgendwie
verändert aus!?
-Größer! -Stärker!!"
Ich versuchte alles für mich einzuordnen.

"Kannst du mir seine Adresse geben?"
"Klar!", er drehte sich zur Bar.
"Rosi, hast du mir einen Zettel und Stift? Übrigens, -ich bin Andreas,
das sind Rainer und Norbert. "
"Danke." Ich nahm den Zettel und ließ sie stehen.

"Hat aber lange gedauert!?",
-das frische Tablett war schon zur Hälfte leer.
"Wurde etwas aufgehalten!", entgegnete ich beiläufig.
"Habs gesehen.
Dachte mir aber dass du mit den Dreien alleine fertig wirst!!?"
Willi und ich prosteten uns zu und leerten die restlichen Gläser.

"Gerald. Du musst gehen. Es ist kurz nach zwölf und du bist noch keine
achtzehn!"
Rosi stand neben mir.

-Was hatte sie gesagt? …noch keine Achtzehn???
Ihre Worte wiederholten sich in meinem Kopf.
-Nein, …das andere???
…es ist kurz nach zwölf!!!
-Scheiße!
Schnell stand ich auf. …zu schnell. -Mir wurde schwindlig.
Ich hielt mich an ihr fest.
"Soll ich dich nach Hause fahren?"
Es war ein ernstgemeinter Vorschlag. Sie kümmerte sich um ihre Gäste.
Ihr Ausschnitt war einladend, -und sie wusste es!
"Hm? Wär` nicht zu beachten?, -aber ich laufe. Muss noch zahlen!"
"Wie du willst! -Und die Rechnung hat Willi schon beglichen!"
"Ooh!", ich drehte mich zu ihm.
Mehr konnte ich nicht mehr sagen.
"Schon gut! -Dafür trägst du die Leiter!"
Für den Moment wusste ich nicht mehr was er damit meinte?

61 ("Sweet Dreams" - Yes)

Wieder einmal lief ich übers verschneite Feld.
Die frische Luft, die Kälte und der Schnaps schlugen doppelt
erbarmungslos zu.
Zweimal musste ich mich auf dem Heimweg übergeben.
Das hatten wir doch auch schon öfters!?

Ma war natürlich noch auf.
Sie wollte was sagen, aber merkte gleich dass dies keinen Wert mehr
hatte.
Sie half mir aus meinen Sachen und brachte mich wie einen kleinen
Jungen zu Bett!

VI - Death and Masquerade

62 ("Take me Home" - Phil Collins)

Sonntag.

Um viertel vor neun läutete das Telefon.

"Geralt! -Bist du wach?", rief es zu mir hoch.
Langsam hob ich den Kopf.
"Geralt!!! Ich bin im Bad und wasch` mir die Haare. Kannst du ans Telefon?"
Hartnäckig läutete es weiter.
"Ich versuchs!?"
So richtig stabil war ich nicht auf den Beinen, aber ich ließ mich halb das Geländer runterrutschen.
Es hörte nicht auf!
-Birgit? -Unwahrscheinlich.
-Einer von den Jungs? - …die schlafen um die Uhrzeit.
"Geralt!!! -Jetzt mach schon!"
"Ja, ja,…bin schon unterwegs!" Fast fiel ich die letzten Stufen hinunter.
Ich hob den Hörer ab.

"Hallo?"
"Ja, hallo, -wer ist da?"
"Geralt!"
"Ah, …hallo Geralt. Hier ist Schwester Inge. Ist deine Mutter da?"

In diesem Moment wusste ich, dass etwas passiert war.

"Sie ist im Bad."
"Kannst du sie holen?", ihre Stimme klang traurig.
"Was ist passiert? Was ist mit Pa?", ich war sofort klar im Kopf.
Sie schnaufte hörbar ein.
"Es tut mir leid, Geralt."
Mehr brauchte sie nicht zu sagen. Ich legte den Hörer ab und ging die Treppen hoch ins Bad.

"Ma!?, … Inge ist dran.
…Pa ist tot!"

Sie stand in einem leichten Nachthemd vor dem Spiegel und frisierte
ihre nassen Haare.
"Was?"
"Geh`ans Telefon!"
Ich drehte mich um und ging langsam wieder runter.
Am Fuße der Treppe hastete sie an mir vorbei und griff den Hörer.
"Inge???"…

In der Kanne war wie meistens frischer Kaffee.
Mit voller Tasse setzte ich mich an den Tisch.
Ich konnte alles hören.
-Wollte es aber nicht!
Ich nahm mir eine Zigarette aus Ma`s Schachtel, zündete sie an und
inhalierte einen tiefen Zug.

"Indianerehrenwort!",
…-das hatten Pa, Ralf und ich damals geschworen, als er uns als Kinder
von seiner Zigarette ziehen ließ!
"Indianerehrenwort!"
-Jetzt war er tot!
-Und das Ehrenwort stand noch immer!

"Lass uns ins Heim fahren!"
-Ma rief es in die Küche und lief die Treppe hoch.
Ich drückte die Zigarette aus und nahm einen großen Schluck Kaffee.
Jetzt erst merkte ich, dass es keine gute Idee war.
Beides schmeckte grässlich, -und mir fiel der gestrige Abend wieder
ein.
"F..k!"
"-Und, bist du fertig?"
Sie war nur in einen Jogginganzug geschlüpft und holte ihre Schlüssel
und Geldbeutel aus der Schublade.
"Ma, -ich geh` nicht mit!", ich schaute sie an.
"Aber?, …du, …du kannst mich nicht allein gehen lassen?"
Sie weinte.

"Doch Ma!
-Ich werde Ralf anrufen dass er kommen soll.
Aber ich gehe nicht.
-Pa soll mir so in Erinnerung bleiben, wie ich ihn das letzte Mal lebend gesehen habe!"
Ich vergrub mein Gesicht in den Händen, so dass sie meine Tränen nicht sehen konnte.
"Okay!", sie warf sich den Mantel über und lief aus dem Haus.

Heike und Ralf waren Gottseidank da, und Ralf wollte sofort ins Heim fahren.
Ich saß sehr lange in der Küche.
Es kam alles so wie in meinen Vorstellungen!?
Es war alles unausweichlich!!!

63 ("Awaken" - Yes)

Ein paar Mal klingelte das Telefon.
-Ich ging nicht ran.

Es war früher Nachmittag vorbei als Ma zurückkam.
"Warum bist du nicht ans Telefon? Ich hab` zweimal angerufen!"
Ich zuckte nur mit den Schultern.
"Sie haben ihn mitgenommen. Nach Neu-Ulm zur Obduktion.
Ich hätte ein paar Unterlagen gebraucht!?"
Sie sah mich an und fügte dann leise hinzu:
"Aber, …die kann ich auch noch nachreichen!

…-Geralt! Was ist mit dir!? …So schlimm???"
Ich konnte meine Tränen nicht mehr aufhalten.
"Es wird noch viel schlimmer werden!! Ich hab`s vorausgeahnt!! Es wird noch einiges passieren, …-nur, …nur werde ich nicht mehr darauf warten, -sondern ich werde dafür sorgen dass es passiert!!!"
Ich lief die Treppen hoch und sie schaute mir mit traurigem Blick hinterher.
Kurze Zeit später kam Ralf mit Heike.

"Awaken" von Yes musste diesmal Trost spenden, doch die Musik kam nicht bei mir an.

Alles kam nun auf einmal!

-Hallo?, -ich bin noch keine achtzehn Jahre alt!?

Ich werde Vater!!!

-Meiner ist grad gestorben!

Vielleicht werde ich vorbestraft? (Bin kurz davor!)

Entscheidungen stehen an, die ich alleine eigentlich gar nicht treffen kann!?

Aber, -ich muss das hinkriegen!!!

Später kam Ralf hoch ins Zimmer.

"Großer? Was ist los?"

Wahrscheinlich hatte Ma ihn hochgeschickt.

Ich war aber froh dass er es war und nicht sie!

"Ralf, -es läuft alles aus dem Ruder. Aber es musste ja noch was kommen. Es war einfach alles zu schön davor!?"

Ich blickte ihn an.

"Das mit Pa war vorauszusehen und es war nur noch eine Frage der Zeit!"

Er nickte.

-Aber, der Krieg findet woanderst statt!?

"Ralf, -ich muss was unternehmen! Mich frisst das alles auf!

Und ich weiß dass ich der einzige bin der es beenden kann!"

"Bist du nicht!? -Was willst du tun?"

Er hatte seinen Tabaksbeutel rausgezogen und drehte.

"Ich muss Rudi suchen.

Ich muss herausfinden ob er dem Mondzyklus unterliegt, oder ob er; -so wie ich; -in der Lage ist sich zu verwandeln wann er möchte?

Denn dann wird es noch schwieriger ihn aufzuhalten!?

-Und dann sollte ich auch noch den Doktor aufsuchen!!!"

"Ist das dein Ernst?"

Er kramte in seiner Hosentasche und zog ein Feuerzeug hervor.

"Ja, ich werde ihn und Rudi stellen!
-Aber vorher muss ich noch zu Willi."

"Aber du weißt, dass wenn es zum ärgsten kommt, ?,
...dass Du Rudi nicht alleine aufhalten kannst?"
"Hhm???".
Ich blickte ihn fragend an.

"Du meinst jetzt aber nicht mich?
...-Du weißt, dass wir keine Knarre mehr haben??"
"Ja, -aber Willi hat eine!!!"

"Puh!", er zündete den Joint an und machte das Dachfenster auf.
"Lass uns erstmal eine rauchen!!!"
Wir standen eng aneinander in der Flucht des offenen Dachfensters
und blickten dabei der einbrechenden Dämmerung entgegen.

Wir beredeten alles.
-Der nächste Vollmond kommt bestimmt!

64 ("I know what I like" - Genesis)

Es läutete an der Türe.
Es war Birgit mit ihrer Mutter.
Ich konnte es trotz der lauten Musik hören.

Ralf und ich hatten "I know what i Like" von Genesis aufgelegt und
tanzten im Rhythmus und "Bekifftsein",
(-weiß nicht ob es dieses Wort überhaupt gibt!?) durchs Zimmer.
Der Joint hatte seine Wirkung nicht verfehlt!

Irgendwann stand Birgit im Raum.
Ich nahm sie mit auf unsere Reise und sie ließ es geschehen!
Wir brauchten keine Worte. Die Musik führte uns und wir folgten ihr.
Engumschlungen bewegten wir uns rhythmisch.
Wir wurden eins mit der Musik!

"I know what i Like, -and i like what i know!"

"Geralt, -mein Beileid", -sie flüsterte.
"Es tut mir sehr leid! Ich liebe Dich!"
"Ssschh!", ich legte ihr den Finger auf die Lippen.

-Gemeinsame Tränen sind die schönsten!!!
-Und, genau so traurig der Moment war, so schön war er auch!

65 ("Manhattan Project" - Rush)

Später gingen wir alle drei zusammen nach unten.
Fr. Ziegler, Heike und Ma saßen im Wohnzimmer.
Die üblichen Beileidsbekundungen!

Irgendwann löste ich mich aus Birgits Umarmung.
(…sie hielt mich sehr fest! …-als ob sie was wüsste!???)
Ralf nickte mir zu als ich aufstand und hinausging.

Im Hausflur zog ich schnell meine Stiefel und Jacke an und schlüpfte
aus der Haustüre.
Es dauerte ein Weilchen bis sie merkten dass ich weg war.
Birgit war die erste!
"Wo ist Geralt? -Ich dachte er muss mal, aber anscheinend ist er
gegangen!?"
"Ja, -er ist weg!" Ralf bestätigte es.
"Was? Warum?…Wohin?, … was macht er?",
Birgit war sehr aufgeregt und auch die anderen blickten jetzt auf Ralf,
der anscheinend die Antwort auf ihre Fragen wusste!?

"Er muss was Wichtiges erledigen!", antwortete er wie immer mit
beruhigender Stimme.
"Aber?, ….was gibt es jetzt Wichtiges?, wir, -wir haben unseren Vater
verloren und haben einiges zu regeln! Und...und, …warum lässt du
ihn alleine gehen?"
Mutters Stimme klang leicht hysterisch.

"Er geht nicht alleine und ich denke er wird in zwei Stunden wieder da sein!"
(Hoffe ich!, -dachte Ralf bei sich!).
"Lasst uns zusammentragen was wir in den kommenden Tagen zu machen haben. Wir haben eine Beerdigung vorzubereiten!"
Ralf holte einen Zettel und Stift aus einer Schrankschublade und setzte sich neben Ma.
"Ja, du hast Recht." Sie blickte ihn traurig an.
"Danke dass du für mich da bist!", flüsterte sie hinterher.
"Ist doch wohl klar!" Ralf drückte ihre Hand.
"Anscheinend wohl nicht für jeden?"

Ralf wusste wem die Antwort galt.
"Ma, -das darfst du nicht sagen und nicht mal denken. Du weißt, dass Geralt und Pa immer ein engeres Verständnis zueinander hatten, wie ich zu ihm. Sie haben sehr viel miteinander unternommen. Es geht ihm sehr, sehr nahe! Nur kann er es nicht so zeigen und darüber reden wie wir!"
"Tut mir leid!", -aber mir wird das alles zuviel!"
Sie weinte wieder.

Birgits Mutter stand auf.
"Wir lassen euch jetzt besser alleine. Aber wenn wir was tun können, dann gebt uns Bescheid!?"
Birgit stand auch auf.

Ma und Ralf begleiteten sie noch zur Tür. Im Hausflur drängte sich Birgit neben Ralf.
"Ralf, -wo ist Geralt hin und was macht er?", flüsterte sie ihm zu.
"Er ist zu Willi, -sie wollen nachher die Kamera beim Doc verstecken."
Er legte den Arm um sie und drückte sie.
"Muß ich mir Sorgen machen?
Und warum redet er nicht mehr mit mir?", sie blickte ihn durchdringend an.
"Hhm???", -war seine kurze Antwort.

-Sie verstand!

66 ("One fatal mistake" - IQ)

Wir hatten die Leiter und die Kiste mit Kamera und Recorder in den Kellerabgang der Rückseite bei Steffi abgestellt.
Jetzt läuteten wir an der Haustüre.

Wir mussten nicht lange warten und Steffi öffnete.
Sie hatte uns schon durch das Fenster in ihrem Zimmer kommen sehen.

"Steffi, -wer ist da?", klang es aus dem Wohnzimmer. Der Stimme nach ihre Mutter!?
"Es ist Geralt mit einem Freund, Mutter. Wir gehen auf mein Zimmer."
Sie zeigte die Treppen hoch und ging voraus.
Ich klopfte an die angelehnte Wohnzimmertüre und schob sie ein Stück weit auf, dass sie mich im Türrahmen sehen konnte.
Sie lag eingewickelt in eine Decke auf dem Sofa und sah fern.
"Guten Abend!" Sie sah auf.
"Geht es ihnen besser?"
"Ah, -Geralt. ...Ja, danke."
Sie wollte fortfahren, doch dann richtete sie sich schnell auf.
"Geralt, -mein Beileid. Wir haben es heute Nachmittag in der Kirche erfahren. Der Pfarrer hat uns das mit deinem Vater erzählt."
"Danke!", murmelte ich, drehte mich um bevor sie wieder was sagen konnte und folgte den Beiden die Treppe hoch.

Im Zimmer brannte kein Licht, der Rolladen war oben und die Vorhänge zur Seite geschoben.
Durch die Straßenbeleuchtung konnten wir die Garageneinfahrt, den Vorgarten und den Eingangsbereich des gegenüberliegenden Hauses ideal überblicken.
Auch die Hundezwinger konnten wir noch sehen, denn "Er" stand auch schon am Himmel und wurde jeden Tag größer.

Ich hatte Steffi heute Mittag angerufen und ihr erklärt was wir später machen wollten.
Sie hatte dann sogar die Idee mit der Beobachtung aus ihrem Zimmerfenster.

"Der Doc ist noch da. Ist vor knapp ner halben Stunde gekommen. Er müsste jetzt dann bald gehen, -und dann ist er mindestens eineinhalb Stunden weg."

Sie stand wohl schon länger vorm Fenster?

Tatsächlich dauerte es keine fünfzehn Minuten und der Doktor trat vors Haus in einem weißen Tarnanzug, so wie er vom Militär verwendet wurde.

-Und???,

... -er hatte ein Gewehr umgeschnallt???

Ein Gewehr mit langem Lauf und einer großen Zielvorrichtung!

Wollte er noch Jagen gehen?

Er holte seine beiden Hunde aus dem Zwinger, leinte sie an und verließ mit ihnen seinen Garten in Richtung Waldrand.

Wir warteten noch solange bis er hinter der Straßenbiegung verschwunden war.

"Okay, -auf geht`s!"

Ich schob Willi an.

"Ich lass euch durch den Keller raus!"

Steffi ging wieder voraus, öffnete ihre Zimmertüre und wir folgten ihr.

Durch den Hausflur flutete das Ganglicht und erhellte ihr hohes Sideboard, das zwischen Bett und Fenster stand. Dieses war in der Mitte zu Dekozwecken offen.

Ich war schon fast daran vorbei, da fiel mir was auf.

Sie hatte ihre Schallplatten schön der Reihe nach im Regal aufgestellt und sortiert.

Das vorderste Album war "Yessongs"!

Ich wusste sofort dass es meine war.

Ich nahm sie und zog eine der Platten heraus.

Mein Spleen war, dass ich alle Innenhüllen meiner LP`s sofort nach Kauf gegen hochwertige Kunstoffinlays austauschte.

Genau diese fand ich vor.

Außerdem schrieb ich meine Initialen "GR" kunstvoll ins untere rechte Eck auf der Rückseite.

Dort war jetzt ein roter Herzsticker aufgeklebt.
Mit dem Fingernagel löste ich ihn schnell ab.
Tja, -es war meine!
Schnell klebte ich den Sticker wieder auf.
"Geralt? -Kommst du? Was machst du?", rief Steffi von unten.
Ich stellte das Album zurück.

Mein Gehirn arbeitete wieder auf Hochtouren!
"Komme, -ich hab mir nur noch mal den großen Dachbalken
angesehen!"
Sie standen unten vor der Kellertüre und warteten auf mich.

Steffi schaute ins Wohnzimmer zu ihrer Mutter.
"Ich bring die Jungs durch den Keller raus. Geralt möchte sich von uns
einen Schlitten ausleihen!"
Plausible Erklärung.

"Seid vorsichtig!"
Damit verabschiedete sie uns nachdem sie die Kellertüre
aufgeschlossen hatte.
Meinte sie das jetzt ernst???
Ich konnte momentan nichts sagen!

Ich schnappte mir die Leiter und Willi nahm die Kiste.
Wir liefen ums Haus zur Straße.

"Willi!?", -ich stupfte ihn mit der Leiter an.
"Frag jetzt nichts, -tu einfach was ich dir sage und laufe so leise und
schnell wie möglich hinter mir her!"
Mit fragendem Blick wollte er mir was sagen.
"Komm mit!!!"

Ich lief über die Straße auf eine hohe, verschneite Hecke zu.
Ich stopfte die Leiter in die Hecke.
"Schieb die Kiste unter!"
Wir bückten uns und ohne weiter zu fragen schob er die Kiste
hinterher.
"Schnell!", im Laufschritt eilte ich auf die andere Straßenseite.

Das Haus vom Doc lag jetzt direkt vor uns.

Hinter seinem Anwesen lag ein großer mit Apfel- und Kirschbäumen bewachsener Garten. Die Bäume waren so groß dass man sich locker hinter ihren Stämmen verstecken konnte.

Ich duckte mich hinter ein parkendes Auto und deutete Willi dass er das gleiche tun sollte.
"Was machen wir denn? Das ist nicht unser Plan! Was ist los?", flüsterte er mir zu, als er neben mir kauerte.
"Wirst gleich sehen, -aber bis dahin sei so leise wie möglich und folge mir!!!"

Wir schlichen tief geduckt hinter den Autos und Hecken die Straße entlang, -solange bis wir auf der Rückseite des großen Gartens waren.
Das angrenzende Gebäude hatte eine kleine Steinmauer, die immer wieder mit großem Drahtgeflecht durchzogen war.

Wir schwangen uns hinter die Mauer.
Das ideale Versteck und gleichzeitig perfekter Beobachtungspunkt.
Wir konnten nicht gesehen werden, und zudem wehte der Wind von vorne.

Ich sog tief die Luft ein.
Und tatsächlich, -ich konnte sie riechen.

Willi wusste immer noch nicht was los war und sein Blick sprach Bände.

"Okay! Hör zu!", flüsterte ich.
"Steffi steckt mit dem Doc unter einer Decke und das ganze wäre in einer Falle geendet!
Warum und weshalb sie das getan hat weiß ich auch nicht!?"
Er hielt die Luft an als ich es ihm erzählte.

"Konzentrier dich auf den dritten Baum, der rechts von der Straße steht. -Der ganz große! -Kannst du was erkennen?"
Er zählte mit einer leichten Kopfbewegung die Bäume durch.

Nach kurzer Zeit sagte er,
..."es sieht so aus als ob eine große Gestalt am Baum lehnt und links und rechts davon sind zwei Schatten am Boden. -Wie zwei lebende Laubhaufen!"
Ja, -das waren der Doc und seine zwei Hunde, die flach am Boden lagen.
Ich konnte sie besser erkennen, -und vor allem riechen!

Der Doc hatte sein Gewehr über einen Ast im Anschlag und blickte durch die Zieleinrichtung. Seine Hunde lauerten am Boden und warteten nur auf ein Kommando von ihm.
"Fast wären wir ihm vor die Flinte gelaufen!"

"Dieses durchtriebene Luder!", dies galt Steffi.
"Was hast du ihr angetan?"
Ich überlegte kurz.
"Keine Ahnung! -Aber lass uns verschwinden. Soll er sich noch ne Weile seinen Arsch abfrieren!"

Wir liefen wieder geduckt hinter den Autos und gingen über eine Nebenstraße zu dem Versteck von Leiter und Kiste zurück.
"Tja, die Kavallerie zieht wieder unverrichteter Dinge von dannen, da sie sonst in einen sauberen Hinterhalt gelaufen wäre!?"
Willi brachte es auf den Punkt.
"Lust auf ein Bier bei mir?"
"Nur eins?!"
Ich schulterte die Leiter und wir gingen los.

67 ("In my street" -Ines Project)

Es wurden dann drei daraus!
"Danke Dir für deine Hilfe. Auch wenn das heute wohl für'n Arsch war!?"
Es war schon nach elf als ich mich von ihm verabschiedete.
"So würde ich das jetzt nicht sehen. Wir wissen wieder ein bisschen mehr, -auch wenn wir nicht wissen warum?"

"Stimmt!"
Ich streichelte nochmals Laika, zog den Reißverschluss meiner Jacke hoch und ging.
Den ganzen Abend drehte sich mein Gehirn im Kreise.

-Wem kann ich denn überhaupt noch vertrauen?
-Und warum macht sie das?
-Hätte der Doc wirklich auf uns geschossen?
-Und was mache ich jetzt?

In der Küche brannte noch Licht.
Ich hatte jetzt keine Lust auf ein Gespräch mit Ma, -und außerdem war ich auch wieder zu spät!
Ich ging zur Rückseite und konnte sehen dass das Dachfenster noch einen Spalt offen stand.
-Ralf hatte es wohl aufgelassen, so dass die "Düfte" sich verflüchtigen!?

Ich kletterte die Dachrinne entlang und stieg die Kaminkehrerstufen vorsichtig hoch. Dann war es eine Leichtigkeit die Haltebügel des Fensters auszuhängen.
Leise schlüpfte ich ins Zimmer und legte mich aufs Bett.
Es dauerte eine Weile bis ich hörte dass meine Mutter in ihr Schlafzimmer ging.
Sie tat mir wieder leid!

Die Ruhe tat mir gut und meine Gedanken sortierten sich.
-Morgen war wieder Schule!
-Aber das war mir momentan egal.

Ob Birgit wohl geht?

68 ("Waking the Demon" - Bullet for my Valentine)

Um halb sieben stand meine Mutter in der Türe.
"Du bist ja da!? Hab dich heute Nacht gar nicht gehört?"
"Hhm!", murmelte ich.

"Aufstehen, -Schule!?"
"Nein, …ich geh heut nicht! Mir ist nicht danach!"
"Kann ich verstehen, -ich ruf` im Sekretariat an!"
"Okay!"

69 ("Sound of Blood" - Vanden Plaas)

Ich lag noch lange auf meinem Bett.
Um kurz vor zehn ging Ma aus dem Haus. Sie wollte zum Pfarrer und ins Beerdigungsinstitut.

Das Telefon klingelte.
Es war kurz nach zwei.
Ich nahm an dass es Birgit war, -also ging ich nicht hin.
Wahrscheinlich hatte sie mich in der Schule vermisst!?

Ma war noch nicht zurück.
Ich zog mich an und machte mich auf den Weg.

"Mal sehen wie sie reagiert wenn ich vor ihr stehe?",
-ich brauchte Antworten und darum stattete ich Steffi einen Besuch ab.

Daß ich vom Doc gesehen würde brauchte ich nicht zu befürchten.
Er hatte die Praxis offen.

Steffis Mutter öffnete mir. Sie sah wieder viel besser aus.
"Hallo, -ist Steffi da?"
"Hallo Geralt, -bringst du den Schlitten zurück?"
Ich stutzte.
Das hatte ich vergessen.
"Ah, -nein! Ich hatte mit Steffi gestern ausgemacht dass ich heute Nachmittag vorbeikomme!"
-Lüge!
"Sie ist in ihrem Zimmer, -du weißt ja wo!?"
Ich ging nach oben. Die Zimmertüre war geschlossen und ich hörte laute Musik.

"Don`t fear the Reaper", von Blue Oyster Cult.
- Wie treffend!

Ohne anzuklopfen öffnete ich die Türe.

Sie lag nur in Slip und T-Shirt auf dem Bett und hielt irgendwelche
Notizen in der Hand. Ihre roten Haare umrahmten wild zerzaust ihr
Gesicht.
Als sie mich erblickte hörten ihre Beine auf zu wippen und sie setzte
sich erschrocken auf.

"Geralt! -Was machst du denn hier?",
-es war echte Überraschung!
"Wär`s dir lieber man hätte mich gestern abend erschossen?"
Ich schloss die Tür hinter mir.
"Wovon redest du? - Und was war denn gestern?
Warum habt ihr die Kamera nicht montiert?"
"Das hättest du wohl gern gehabt!? -Die Falle war ja perfekt
aufgestellt!"
Ich setzte mich neben sie aufs Bett und packte sie an den Haaren.
"Au! Du tust mir weh!"
Sie wehrte sich dagegen.
Jetzt drückte ich sie flach aufs Bett und lehnte mich auf sie.
Meine Augen glühten.

"Hör auf mir was vorzumachen. Du hast uns die Falle gestellt!!!
Warum? - Warum nur???"
Sie leistete keinen Widerstand mehr.
"Wie hast du es herausgefunden?", flüsterte sie fast entschuldigend.
Ich deutete auf ihr Sideboard.
"Yessongs" stand immer noch ganz vorne.
"Scheiße!!!", -ich lockerte meinen Griff und sie richtete sich wieder auf.

"Warum?
Such` jetzt keine Ausreden, sondern erzähl mir alles!"
"Geralt, -ich konnte nicht anders!" -Verzweiflung.
Er, -er erpresst mich!"
Ihre Stimme klang ängstlich.

"Er hat mitbekommen dass ich Kontakt zu Dir und deiner Clique habe. Das wollte er sich zunutze machen. Dann hat er gedroht meiner Mutter was anzutun. Und du hast ja mitbekommen wie er mir das nahe gelegt hat!!!"
"Du meinst den Doc?"
"Ja, er hält die Fäden in der Hand und Rudi hat er losgeschickt um uns Angst einzujagen!
Bei jedem Besuch wenn er nach meiner Mutter gesehen hat, hat er mich danach drangsaliert und bedroht! Ich musste tun was er wollte!"

Ich stand auf und ging zum Fenster.
Es war wie bei Wolfram.
Er erpresste sie mit Angst!

"Hhm, - und wie kommst du zu meinem Album?"
"Irgendwie scheine ich Rudi zu gefallen!?"
Kein Wunder!
Sie machte sich nicht die Mühe die Decke hochzuziehen.
Das Shirt war hochgerutscht. Es war der Ansatz ihrer runden Brüste zu sehen und auch der Minislip zeigte mehr als er verdeckte!
Es verfehlte auch die Wirkung auf mich nicht!

"Das beantwortet aber nicht meine Frage", -ich schluckte.

"Als meine Mutter aus dem Krankenhaus kam war der Doc nachmittags bei uns um sie nochmals zu untersuchen. Danach bat er mich mit ihm rüberzugehen. Er wollte mir noch ein paar Medikamente für sie mitgeben. Klar ging ich mit.
Ich dachte mir nichts dabei. In seiner Küche saßen Rudi und Wolf-Dieter."
Jetzt setzte sie sich auf.
"Dann gingen sie alle drei auf mich los. Sie fragten mich über dich, die Jungs und Birgit aus. Ich musste ihnen alles erzählen. Und ich musste versprechen ihnen alles zu berichten was ihr vorhabt!
Wolf-Dieter hielt mich fest und Rudi betatsche, -begrabschte mich und roch die ganze Zeit an mir. Es war eklig!!!
…-Diese Schweine!!!"
Sie vergrub ihr Gesicht in den Händen.

Sie zitterte.

"Immer wieder verwandelte sich dabei Rudi`s Gesicht in eine fürchterliche Fratze! Ich hatte keine andere Wahl! Ich musste ihnen alles sagen!!! Ich wollte das nicht!!!"

Sie sank in sich zusammen.

Ich setzte mich neben sie und sog die Luft ein.
Wir saßen eine Weile schweigend nebeneinander.
"Dann, -vorgestern stand Rudi vor der Türe. Ich ging mit ihm aufs Zimmer weil ich nicht wollte dass Mutter was mitbekam. Er hatte ein Geschenk für mich mitgebracht, weil er mich gut leiden kann. Du hast es ja gesehen!"

Ihr Blick fiel aufs Regal.

"Ich wusste nicht was ich sagen oder tun sollte. Er packte mich fest mit seinen Armen und leckte mir mit seiner Zunge über die Wangen. Er roch widerlich.

"Du wirst es schnell lernen mich zu lieben!"-sagte er dabei zu mir.

"Aber das Wichtigste ist, dass du tust was wir dir gesagt haben! -Ansonsten??? Du weißt ja!!!"

Ihre Augen tränten als ich sie anblickte.

In meinen Gedanken ging ich ihre Ausführungen nochmals durch.
"Ich glaube Dir!"
Sie ließ sich gegen meine Schulter fallen und weinte richtig los.
Mit einem Finger wischte ich ihr die Tränen ab.

Nach einer Weile beruhigte sie sich.
"Gerald, -wie schlimm sieht es bei dir aus?"
Ich nahm ihren Kopf in meine Hände.
"Was meinst du?"

"Wie siehst du aus wenn du dich verwandelst??? Bei Rudi ist es schrecklich!"
Ihre Augen waren weit offen.

"-Hattest du Angst vor ihm?"
Steffi nickte langsam.
"Und wie!!!"

"Hhm!, ...-dann wirst du vor mir noch viel mehr haben!!?
Willst du es sehen???"

Das hatte ich noch nie zu jemanden gesagt.
Sie blickte mich verwundert an.
"Du?, ...-du kannst das so hier und jetzt?".
Ein bisschen Angst war aus ihrer Stimme zu entnehmen.
"Und es wird mir nichts dabei passieren?"

"Hhm! Vielleicht beiße ich dich in deinen Hintern!
-Am besten du ziehst dir vorher was an!"
"Das willst du doch nicht wirklich?"
Sie strich sich lasziv durch ihre roten Haare.
Schon flirtete sie wieder mit mir.
Es siegte dann doch die weibliche Neugier.
"Okay, -zeig`s mir!"

Ich ging zum Fenster und drehte ihr den Rücken zu.
Dämmerung zog auf und auch "Er" war durch den milchig-weißen
Himmel schon leicht zu erkennen.
Ich atmete mehrmals flach ein- und aus.

Daheim vor dem Spiegel im Bad hatte ich es hundertfach ausprobiert.
Am Anfang erschrak ich selber vor mir!
Aber irgendwann war ich nur noch fasziniert.
Ich beobachtete meine Verwandlungen ganz genau und konnte auch
immer wieder was "Neues" an mir entdecken.

"Also, -was ist jetzt? -Ich warte!"
Sie war aufgestanden und wollte hinter mich treten.
Urplötzlich und schnell drehte ich mich zu ihr um.

Ein spitzer, lauter Schrei!
Sie versuchte sich umzudrehen, taumelte und fiel rücklings aufs Bett
zurück.
Ich drehte mich sofort wieder zum Fenster und es war auch schon
wieder vorbei.
Dann trat ich zu ihr.

Sie hatte das Gesicht zwischen den Händen versteckt und blickte vorsichtig zwischen ihren Fingern hervor.
"Ist es vorbei?"
"Hhm!"

Ich setzte mich nochmals neben sie und schaute sie an.
"Sag mir noch eins! -Was ist mit dir und Schaufel?"
"Ich mag ihn sehr!", ihre Antwort kam etwas zögerlich.
"Dann zeig`s ihm doch. Lass es ihn wissen!"
Langsam stand ich auf.

"Tu` ihm nicht weh! -Er ist mein bester Freund!"
Sie nickte leicht.

70 ("Came Down" - IQ)

Es war dunkel als ich wieder ging.
Ich wollte nicht dass der Doc mich sah wenn er von der Praxis zurückkam.

Mit Steffi hatte ich ausgemacht, dass sie weiter so tat wie bisher.
Für gestern Abend hatte sie schnell eine Ausrede parat, die sie ihm auftischen konnte.
Das war für mich von Vorteil, denn durch sie erfuhr ich jetzt noch viel mehr, als von den Bildern der Kamera.
Sie könnte für mich zu einer wertvollen Schnittstelle werden!?
-Aber sie musste sehr vorsichtig sein.
Ich wollte sie nicht noch mehr in Gefahr bringen.
Und, -ich musste jetzt schnell handeln.

Auf dem Heimweg ging ich wieder bei Willi vorbei. Ich holte mir nochmals die Kamera.
Es war dann doch später und Ma wartete wieder mal auf mich.
Sie saß in der Küche und hatte etliche Papiere und sonstiges Zeug vor sich.

"Oh, endlich kommst du! -Wo warst du? Ich muss vieles entscheiden und du musst mir dabei helfen!?"
"Tut mir leid Ma, -ich war bei Steffi. Wir mussten was klären!"
"Birgit hat angerufen. Du sollst dich bitte bei ihr melden!"
Sie bedachte mich dabei mit einem fordernden Blick.
"Geralt, ich weiß dass es nicht leicht für dich ist. Aber was soll ich sagen!!?
Für Freitag müssen wir die Beerdigung planen und ich brauch dabei eure Hilfe!"

Damit meinte sie Ralf und mich.
"Ralf ist gerade im Schützenheim, reserviert das Nebenzimmer für uns und bestellt das Essen für Freitag. Ich habe mit dem Beerdigungsinstitut alles geklärt. Die Beerdigung ist für 10Uhr geplant und die anschließende Messe um elf. Jetzt musst du mir bei der Todesanzeige für die Zeitung helfen!? -Bitte!"

Ich hatte das Gefühl sie war geschrumpft.
Ihre Wangen waren eingefallen und ihr Blick war traurig.
Sie hielt mir ein Blatt entgegen auf dem verschiedene Sprüche gelistet waren.
"Such du einen aus!?"
"Okay."

Ich setzte mich neben sie und fing an zu lesen.
Nach wenigen Minuten blieb mein Blick immer wieder an einem hängen.

"Ich hab`einen! -Der ist von Franz von Assisi.
Von dem hatten wir es auch erst vor den Ferien in Religion."
"Lass hören!" Sie blickte auf.

**"Der Tod ist das Tor zum Licht,
am Ende eines mühsam gewordenen Weges!"**

"Ja, der ist schön und passt!"
Eine Träne kullerte ihr über die Wange.
"Hab ich doch wieder Recht gehabt mit dem was ich immer zu dir sagte!"
"Mit was?"
Ich konnte ihr nicht folgen.
"Kopfrechnen -schwach; Religion -sehr gut!"

Wir saßen noch lange in der Küche.
Ralf kam später auch noch dazu und wir konnten alles vollends besprechen und organisieren.
"Ich bleib heut Nacht hier, dann können wir nachher noch in Ruhe quatschen." sagte Ralf zu mir als Ma zum Rauchen auf die Terrasse ging.
Ich scharrte schon die ganze Zeit deswegen mit den Hufen.
"Müssen wir unbedingt machen, ich brauch` deinen Rat und auch deine Hilfe. Es gibt viel zu berichten. Du glaubst nicht was passiert ist!?"
Ma kam zurück.

Ralf wechselte das Thema.
"Wie lange wird`s denn am Freitag gehen? Ich hab` niemand der für mich im Jugendhaus einspringt und wir öffnen um siebzehn Uhr."
"Essen hast du ja auf dreizehn Uhr bestellt. Die meisten werden danach gehen. Jeder der dann noch Lust auf Kaffee hat, kann gerne mit hierher kommen. Ich denke dass es so gegen sechzehn Uhr sein wird. Da kannst du dann schon gehen."
"Und du bist dann auch nicht alleine!"
-Ja, das war uns dann doch auch wichtig!

71 ("The turn of a friendly Card" - Alan Parsons Project)

Es war wieder spät geworden als wir aufs Zimmer gingen.

"Geralt, -lass alles bis nach der Beerdigung gut sein!"
Ralf drehte wieder eine.

"Ma würde es nicht ertragen wenn diese Woche nochmals was passiert!"
Da musste ich ihm zustimmen.
"Warte ab was dir vielleicht Steffi alles zu berichten hat. Hoffentlich fliegt sie nicht auf? -Wann triffst du dich wieder mit ihr?"
"Treffen am Wochenende, sie wollte sich aber melden wenn es was Besonderes gibt!"
Wir traten wieder ans Fenster und rauchten nach draußen.

"Ralf?, …es ist auch nicht mehr so einfach für mich!
-Einfach war es ja ohnehin noch nie. Aber, -ich weiß nicht mehr was ich tun soll?
Birgit, -Ma, -Du?. -Ihr seid alle durch mich in Gefahr!
Das Beste wäre ich würde euch allen aus dem Weg gehen. Es geht nur um mich?
-Der Doc hat`s auf mich abgesehen, und ich weiß immer noch nicht warum???"
Er legte mir den Arm um die Schulter.
"Dann hat er die Rechnung ohne mich gemacht! Lass uns bis Freitag um Ma kümmern, -und dann knöpfen wir Ihn uns vor!?"

"Und Rudi?", -ich nahm nen tiefen Zug.
"Den dann gleich mit!"

72 ("In A Gadda Da Vida" - Iron Butterly)

Dienstag.

Ich ging wieder nicht zur Schule.
Wollte so auch Birgit aus dem Wege gehen.
Hatte momentan keine Lust darauf jeden meiner Schritte zu kommentieren.
Auch wenn sie es nur gut meinte!?

Ich ruf sie heute Mittag an, wenn sie von der Schule zurück ist.
Versprochen, -sagte ich zu mir selbst!

Trotzdem war mir heute nicht wohl?
Mein Magen war verkrampft und wiedermal verspürte ich eine innere
Unruhe.
Kein gutes Zeichen.
Irgendetwas lag wieder in der Luft.
Ich konnte es wieder riechen!.

Wir kamen kurz vor Mittag nach Hause.
Ma und ich hatten die Blumen fürs Grab ausgesucht und noch ein paar
Besorgungen erledigt.
"Hunger?"
Diese Frage galt mir.
"Nein!" Sie sah mich fragend an.
Sie wusste, wenn ich keinen Hunger hatte war ich entweder krank,
-oder…?
"Geralt? Alles okay?"
"Nein Ma, -nichts ist okay!"
-Meine Unruhe hatte sich den ganzen Vormittag noch verstärkt.
"Du wolltest doch Birgit anrufen?"
"Hhm, mach ich noch."
Ich half ihr noch beim Auspacken und ging dann nach oben.

"In a gadda da vida" von Iron Butterfly musste herhalten.
Doch das legendäre Drumsolo machte mich noch unruhiger.
Ich konnte es mir nicht erklären!?

Es war kurz vor siebzehn Uhr.
"Jetzt ruf` ich Birgit an, dann ist sie und Ma wenigstens beruhigt.",
-in Gedanken ging ich die Treppe runter zum Telefon.
Ma saß wieder in der Küche und band Blumen zu kleinen Gestecken.
"Ich ruf` Birgit an.", sagte ich ihr zu und schloss die Küchentüre.

Schon während ich ihre Nummer wählte, -und die Wählscheibe bei
jeder Zahl mechanisch rasselte, wusste ich dass etwas passiert war!

Erst nach dem vierten oder fünften Läuten meldete sich jemand.

"Hallo?"

-Es war Fr. Ziegler. (…ich mochte es nicht wenn sich jemand nur mit "Hallo" meldete!!!)
"Ja, Hallo Frau Ziegler. Hier ist Geralt. Kann ich Birgit sprechen."
"Ah?, …ist sie nicht bei Dir?"
"Nein!"
…-Fragezeichen?

"Sie wollte gleich nach der Schule doch zu euch gehen. Du hast dich ja wieder nicht gemeldet, -und sie wollte deiner Mutter helfen."
Mein Puls beschleunigte sich etwas.

"Sie ist und war nicht hier!"
"Warte mal kurz Geralt, -ich schau nochmal in ihrem Zimmer nach."
Sie klang besorgt.
Ich hörte wie sie die Treppen hoch eilte und dabei immer wieder ihren Namen rief.
Mein Blut floss schneller und mir wurde heiß.
Gleich danach polterte sie wieder nach unten und nahm den Hörer wieder auf.
"Sie ist nicht da!", rief sie außer Atem ins Telefon.
"Tja, -also bei uns ist sie nicht. Vielleicht wollte sie noch woanders hin?"
Damit wollte ich Fr. Ziegler nur beruhigen.

"Davon hat sie nichts gesagt, -nur dass sie sich melden wollte wenn sie eventuell bei Dir übernachten würde!?"
"Machen sie sich keine Gedanken. Wahrscheinlich ist sie noch bei Steffi vorbei und die zwei Mädels haben sich verquatscht!?"
Rettungsversuch.
"Ich werde sie suchen gehen und melde mich dann bei ihnen nochmals."
Ich hoffte das würde sie etwas beruhigen.
"Danke, Geralt. Mach das und melde Dich dann bitte?!"
"Versprochen!"

Ihre Sorge und Unruhe waren nicht unbegründet.
Ich hatte jetzt nicht nur eine Ahnung?

Wieder läutete es etwas länger.

"Ja?" (…genauso schlimm wie "Hallo"!)
Ich erkannte Steffi sofort an der Stimme.
"Hi, hier ist Geralt. Ist Birgit bei Dir???"
"Ah, -Ne. Die ist nicht da. Warum?"
Keine Zeit für Erklärungen.
"Dachte nur!" -kurze Antwort.

"Geralt! Ich wollte dich schon anrufen, aber hab mir nicht getraut. Hab
was schlimmes gemacht!"
-Kleinlaut.
"Der Doktor war gestern Abend noch da,…"

…-mehr brauchte sie eigentlich nicht zu sagen. In meinen Gedanken
ratterte es.
Aber es sprudelte weiter aus ihr raus.
"Ich hatte keine andere Wahl, -ich musste ihm sagen dass du mir und
ihm auf die Schliche gekommen bist!"

"-Scheiße! …-er hat sie!!!", ich schrie es raus.

Und wieder mal Gewissheit.
Sie redete weiter, -aber ich legte auf.

Der Doc!
Birgit?

Hastig zog ich mich an und warf dann einen Blick zu Ma in die Küche.
Sie hatte nichts mitbekommen.

"Ich geh` noch zu Birgit. Wir wollen uns unbedingt noch sehen!"
"Oh schön, -dann ist wieder alles gut? Sag Grüße und komm nicht so
spät. Du willst ja morgen in die Schule."

"Ja!"
-Wieder gelogen!!!

73 ("Used" - Pain of Salvation)

Geralt war wieder nicht in der Schule.
"Verständlich!".
Birgit saß im Bus und fuhr nach Hause.
"Aber er könnte sich endlich melden?"

Ihre Gedanken kreisten um alles was in den letzten Tagen passiert war.
Es braute sich etwas zusammen.
Sie spürte es und instinktiv faltete sie die Hände wieder über ihrem Bauch.
An ihrer Haltestelle stieg sie aus.
Der Bus hielt direkt vor den Schaufenstern eines kleinen Bettwaren- und Modegeschäftes.

Ohne so wirklich hinzusehen schaute sie sich die Schaufenster an.
Sie war in Gedanken versunken.
So bemerkte sie auch den dunklen Schatten nicht, der sich hinter ihr aufbaute.

"Hi Babe, -länger nicht gesehen!?"
Erschrocken drehte sie sich um, doch da hatte er sie schon an den Armen gepackt und schob sie um die Hausecke.

Rudi!

"Freust dich mich zu sehen?"
Um die Ecke war ein grauer Transporter geparkt. Die Seitentüre stand offen und Dr. Koppold wartete davor.
Birgit wehrte sich.
Sie versuchte sich aus den Armen von Rudi zu winden, aber dieser griff nur noch fester zu.
"Lass mich! -Du tust mir weh!"
Sie versuchte ihn mit den Füßen zu treten.
"Und du stinkst nach nassem Hund!"

Er war größer und wirkte noch stärker als sie ihn in Erinnerung hatte.
Seine Nase war seltsam verformt!

Der Doktor kam jetzt schnell einen Schritt auf sie zu und er hatte eine Spritze in der Hand.

"Nein. -Nein!"
Sie versuchte zu schreien, aber Rudi hielt ihr sofort seine große Hand auf den Mund.
Dabei musste er natürlich einen ihrer Arme los lassen.
Sie machte eine halbe Drehung und schlug ihm heftig ins Gesicht.
Er ließ für einen Moment von ihr ab.

Sie holte Luft.
Doch ein harter, brutaler Schlag traf sie in der Magengrube und aus ihrem Schrei wurde nur noch ein leises Röcheln.
Sie sackte zusammen und jetzt beugte sich der Doktor über sie.
Er öffnete ihre Jacke, zog ihren Pulli über die Schulter und injizierte ihr die Spritze in den Oberarm.
Sie nahmen sie an Händen und Füßen und legten sie in den Transporter.
Der Doktor vergewisserte sich noch schnell, dass niemand aufmerksam geworden war.
Langsam und unauffällig fuhren sie dann davon.

74 ("Out of the Wilderness" - Arena)

Ich rannte.
Es wurde dunkel.
Die kalte Luft brannte in meinen Lungen.
Er hatte seine Praxis im ersten Stock eines Wohn- und Geschäftshauses und es brannte noch Licht.
Man konnte also ohne große Probleme ins innere des Hauses kommen.

"Sprechstunde Dienstag und Donnerstag von 14.00 - 17.30Uhr" ,
-stand unter anderem auf dem Alu-Schild, das links neben der Eingangstüre befestigt war.
Die Sprechstundenhilfe Fr. Antoni war noch hinter der Anmeldung und sortierte die Ablagen als ich eintrat.

"Ah, Hallo Geralt? -Hast du noch einen Termin? -Ich hab gar nichts mehr eingetragen?"
Ich überlegte kurz.

"Ja, der Doktor und ich haben vorher telefoniert."
"Okay, -er ist im Arztzimmer. Aber er hat noch eine Patientin. Ich geb` ihm Bescheid dass du da bist!"
Sie griff zum Hörer.
"Nein -sie brauchen ihn nicht zu stören, -er weiß ja das ich komme!"
Sie legte wieder auf.
"Und Geralt, -mein Beileid!"
"Danke."

Ich ging an der Theke vorbei und den Flur entlang.
-Verbandszimmer. -Arztzimmer.
Das es so einfach war hätte ich nicht gedacht.
Sollte ich anklopfen?
Ich klopfte, öffnete aber gleichzeitig die Türe und trat ein.

"Ja?"…doch ich stand schon im Zimmer.
Er saß hinter seinem Schreibtisch und packte verschiedene Sachen in eine große Tasche.
"Geralt!" Er wirkte nicht überrascht.
"Mit dir habe ich so schnell nicht gerechnet!? Setz dich doch!"
Er packte weiter.

"Wo ist sie? -Was haben sie mit ihr gemacht?"
Ich lehnte mich über den Schreibtisch und feixte ihn an.
Sein Blick glitt einen kurzen Moment zu einer weiteren Tür, die direkt ins Verbandszimmer führte.
"Lass uns ganz in Ruhe darüber sprechen!"
Er griff zum Telefon und wählte eine Taste.
"Fr. Antoni, sie können jetzt Feierabend machen. Ich schließe dann später ab."
(…-er hat noch eine Patientin!…hatte sie zu mir gesagt!)

Ich war um den Schreibtisch herum gegangen und als er den Hörer auflegte, packte ich ihn und drückte ihn in seinen Stuhl.

"He, -ganz langsam. Mach keine Dummheiten!"
Er wollte wieder aufstehen, doch jetzt schlug ich ihm meine Faust ins
Gesicht.
Mit der anderen packte ich ihn am Hals und drückte zu.
-Meine Augen glühten wieder und alle Sinne waren zum äußersten
geschärft.

"Wo ist sie?", -und nochmals schlug ich zu.
Blut lief ihm aus der Nase.
Er sank in sich zusammen.
Aus dem Nebenzimmer hörte ich ein leises Stöhnen.
Sofort ließ ich ihn los und sprang auf.
Ich riss die Türe zum Verbandsraum auf.

Da lag sie nur noch mit ihrem Slip bekleidet.
Ihre Arme und Beine waren mit breiten Lederbändern an der Liege
fixiert. Man hatte sie geknebelt und ihr Blick war starr und leer nach
oben an die Decke gerichtet.
Ihre Augenlider zitterten.

Wieder konnte ich ein leichtes Stöhnen vernehmen.
Sie war bei Bewusstsein, -aber irgendwie doch nicht.
"Birgit? - Birgit?"
Ich schüttelte sie leicht.
Schnell löste ich ihre Fesseln und holte ihr den Knebel aus dem Mund.
Sie atmete flach, aber reagierte nicht.
Keine Bewegung, keine Reaktion.
Ich zog meine Jacke aus und bedeckte sie.
Dann ging ich zurück ins Arztzimmer.

"Was haben sie mit ihr gemacht? Was haben sie ihr gegeben???"
Panik und Angst um Birgit!
Ich beugte mich wieder über den Doc.
Er wollte sich eben wieder aufrichten.

"Rudi hat ein wenig mit ihr gespielt!"
Der Geruch seines Blutes und seine Antwort brachten mich vollends
um den Verstand.

"Die Spielchen haben jetzt ein Ende! Ich bring` sie um!"
Ich würgte ihn und wieder holte ich aus.
Diesmal war meine Hand zu einer mörderischen Klaue geworden.
Er wollte etwas sagen und ich lockerte meinen Griff um seinen Hals.

"Fick Dich!!!", gurgelte es aus seiner Kehle.

-Falsche Antwort in einer lebensbedrohlichen Situation!?!

75 ("Strange kind of Woman" - Deep Purple)

Nachdem ich abrupt aufgelegt hatte machte Steffi das einzig Richtige.
Mein letzter Satz hatte sie alarmiert!
Sie zog sich an und machte sich im Laufschritt auf in Richtung
Jugendhaus.

Ralf wischte gerade die Tische ab als Steffi hereinstürmte. Es waren
noch keine Gäste da.
Ihre Haare hingen ihr wild ins Gesicht.
"Schnell, -schnell komm mit! Geralt ist zum Doc. Der hat Birgit!"
"Was? Wer hat wen?"
"Der Doc hat Birgit und Geralt ist auf dem Weg zu ihm! Komm jetzt
schnell. Wir müssen zu seiner Praxis!"

Ralf ließ alles stehen und schnappte seine Schlüssel.
Hastig schloss er die Türe, gerade als zwei Besucher um die Ecke
kamen.
"Sorry, -heute bleibt geschlossen!"
Er ließ die zwei vor verschlossener Türe stehen und rannte mit Steffi
zum Parkplatz.
Im Auto berichtete sie ihm.
"Oh man, -was macht der Idiot denn jetzt wieder?",
er sprach es mehr zu sich selber.

Ralf parkte quietschend hinter einem Transporter und fast gleichzeitig
sprangen beide aus dem Wagen.

Er machte sich nicht die Mühe das Auto abzusperren und sie eilten zur Türe.
Während den Geschäftszeiten war diese nicht abgesperrt und sie liefen in den Flur.
Gleichzeitig trat Fr. Antoni aus dem Aufzug und Ralf rannte sie fast über den Haufen.
"Ist mein Bruder oben?"
"Ja, -er ist vorher gekommen!"
Erschrocken sah sie ihn an.
"Schnell, kommen sie mit und machen sie uns auf!"
"Es ist noch offen, der Doktor wollte abschließen!
-Was ist denn los?"
Ralf war schon auf dem Weg zur Treppe und hastete hoch.
Steffi und Fr. Antoni gingen in den Aufzug.

76 ("Human Nature" - IQ)

Für den Moment konnte ich nicht mehr klar denken.
-Ich ließ es zu!
-Es war mir egal!!

Der Doc versuchte verzweifelt Luft zu bekommen und wand sich hin und her.
Ich ließ ihm keinen Millimeter.
Im Gegenteil, -ich drückte noch fester zu.
Mein Gesicht hatte nicht mehr viel menschliches.

"Heute bin ich nicht zu müde!", grunzte ich ihn aus meiner wolfsähnlichen Schnauze an.
Und als er mir in die glühenden, mordlustigen Augen blickte, -da wusste er dass es jetzt für ihn vorbei war!
Mit meinem nächsten Schlag wollte ich ihn auslöschen!

Ralf stürmte zur Türe herein und mit einem Hechtsprung über den Schreibtisch riss er mich von dem jetzt bewusstlosen Doktor.
Wir prallten beide hart auf den Boden.

Ich hatte ihn sofort gepackt und meine Kiefer schnappten nach ihm.
"Nein Gerald! Ich bin`s doch, du Arschloch!"
Jetzt erkannte ich Ralf und ließ von ihm ab.

Zwei, drei Atemzüge später hatte ich wieder meine normale Gestalt
und richtete mich auf.

Steffi und Fr. Antoni liefen ins Zimmer.
"Um Himmelswillen!"
Fr. Antoni lief um den Schreibtisch zum Doktor.
Dieser war wieder zu sich gekommen und hechelte jetzt nach Luft.
Blut war ihm über seinen weißen Arztkittel gelaufen und bildete einen
bunten Kontrast.
"Was?, was war?, - oder ist denn hier los?"
Sie wusste nicht was sie sagen sollte, kümmerte sich aber sofort um ihn!

Ich sah Steffi im Türrahmen stehen.
"Steffi? - Birgit!"
Mit einer kurzen Geste zeigte ich auf die offene Tür. Steffi verstand
sofort und eilte ins Verbandszimmer.

"So, das ist noch nicht vorbei!?", -ich schob mich neben den Doc und
wollte ihn packen..
Fr. Antoni drückte mich resolut zur Seite.
"Jetzt ist erstmal Schluss hier!?", sie versuchte die Blutung seiner Nase
zu stoppen.

Ralf stand jetzt auch neben mir.

Der Doc blickte mich an und hatte wieder Luft um zu sprechen.
"Stimmt, -das ist noch nicht vorbei. Ich werde jetzt die Polizei rufen.
Dann werden wir ja sehen!? Du hast mich in meiner Praxis überfallen
und dich dann aus Gründen verstoßener Liebe über meine Patientin
hergemacht!"
Er blickte wieder ins Nebenzimmer.
Er bastelte schon an einem Alibi.

Doch ich hatte meine Sinne wieder vollkommen unter Kontrolle.

"Ja, dann werden wir ja sehen! -Und wie wir alles sehen werden!?!"
Schnell drehte ich mich um und lief aus dem Zimmer.
"Geralt?" Ralf rief mir hinterher.
"Bin sofort wieder da!"

Ich öffnete die Praxistüre, zog mir einen der Stühle her, die für die
wartenden Patienten bestimmt waren und stieg auf ihn. Dann schob ich
die Deckenlamellen zur Seite und holte die Kamera und den Recorder
hervor.
Mit beidem in Händen ging ich zurück ins Zimmer.

"Ich habe alles aufgenommen. Die letzten vierundzwanzig Stunden!
Das wird sie alles kosten!!! Sie perverses, krankes Schwein!!!" -
...(...warum siezte ich ihn eigentlich?)
Triumphierend hielt ich es ihm unter die blutende Nase.
"So, -und jetzt können wir die Polizei holen!"

Fr. Antoni verstand die Welt nicht mehr und der Doc sank nach seinem
kurzen Zwischenhoch wieder in sich zusammen.
"Pass auf ihn auf und ruf die Polizei!", ich schob mich an Ralf vorbei.
"Ich kümmere mich um Birgit!"

Steffi hatte in der Zwischenzeit ein Handtuch angefeuchtet und tupfte
ihr die Stirn.
Völlig apathisch lag sie da.

"Birgit?" , ich nahm ihre Hand und blickte sie an.
Keinerlei Reaktion, -nur ein total verstörter Ausdruck!
"Wir lassen sie schnellstens ins Krankenhaus bringen!
Was weiß ich was er ihr gespritzt oder gegeben hat!"
-An Rudi wollte ich dabei gar nicht denken!
"Ich ruf schnell den Rettungswagen!", -ich ging zum Telefon.

"Und ich muss noch was erledigen!"
Steffi legte schnell das Handtuch beiseite und ging ins Arztzimmer.
Sie trat neben den Doc und bevor irgendjemanden etwas tun konnte
donnerte sie ihm ihre Faust auf die ja schon verletzte Nase.
Mit einem lauten Schmerzensschrei sank er wieder zusammen.

Ungläubig sahen wir alle Steffi an.

Die rieb sich die Faust.
"Danke. -Bitte kein Applaus.
Hab ich für euch alle gemacht!"

77 ("Time stand still" - Rush)

Nochmals nahm ich den Hörer zur Hand und wählte.
Ralf sah mich fragend an.
"Mutter?"
Ich schüttelte den Kopf.
"Nicht unsere!"
Diesmal dauerte es keine fünf Klingeltöne.

"Hallo?"
"Ja Frau Ziegler. Ich bin`s, Geralt.
Ich wollte ihnen nur sagen dass Birgit jetzt bei mir ist. Sie wurde etwas
aufgehalten. Und sie bleibt über Nacht."
"Oh, dann ist ja gut!", ich konnte Erleichterung aus ihrer Stimme
hören.
"Danke für deinen Anruf!"
"Versprochen ist versprochen!"
Ich wurde nicht mal rot dabei!

Keine zehn Minuten später trafen fast gleichzeitig Polizei und
Rettungsdienst ein.
Es dauerte danach ein bisschen!?
Zuerst wollten sie schon nach dem Doktor schauen, aber Fr. Antoni
machte ihnen ganz schnell klar um wen sie sich zu kümmern hatten.
Sie war nun komplett auf unserer Seite, nachdem wir ihr im groben
berichtet hatten, was für ein perverses Theater der Doktor inszeniert
hatte.

Mit der Polizei dauerte es aber doch etwas länger.
Doch zum Glück suchte der Doc keine Ausflüchte mehr.

Er wusste dass er überführt war und die Beweise diesmal komplett gegen ihn sprachen.
Und er konnte froh sein, dass er noch am Leben war!?

Wir wurden alle zur weiteren Vernehmung für den kommenden Tag vorgeladen.
Kamera und der Recorder wurden als Beweismaterial sichergestellt.
Darauf war ich gespannt!?

Sie hatten Birgit nach Weißenhorn ins Krankenhaus gebracht und ich wusste dass ich keine Möglichkeit hatte sie heute Abend noch zu besuchen.
"Ralf, -ich möchte morgenfrüh als erster die Aussage machen, dann kann ich sofort danach ins Krankenhaus?",
-ich blickte ihn als auch Steffi an.
"Ihr könnt ja dann nachkommen."
Sie hatten uns auf acht Uhr in die Wache bestellt.
Beide nickten.
"Bier?", Ralf.
Jetzt nickte ich.
"Auf jeden Fall Alkohol!", Steffi stimmte zu.
"Rosi?"
"Hhm!"

78 ("Owner of a lonely Heart" - Yes)

Wir setzten uns an einen freien Tisch.
"Was ist denn mit euch? Ihr seht ja aus als hattet ihr eine unheimliche Begegnung?"
Das war die Begrüßung von Rosi an uns.
"Also ich hatte auch eine!", antwortete ihr Ralf und blickte mich an.
"Du wirst ja immer hässlicher!"
Steffi nickte nur.
"Bring bitte zwei Bier und ein Tablett Jacky! Und für Steffi einen Aperol!"
Ralf übernahm die Bestellung.

"Steffi!?, ...-also das war schon stark wie du dem Doc noch eine geballert hast!!"
Er hielt ihr die Flasche entgegen und sie stießen an, dabei rieb sie sich immer noch die Hand.
Das erste Bier war schnell leer und wir machten uns an den Jacky.
Ralf schaute mich an.
"Noch eins?"
"Nein, lieber nicht. Ich möchte für morgen fit sein. Holst du mich ab?"

Meine Gedanken wanderten zu Birgit.
-Was hatte er mit ihr getan?
-Und was Rudi?

"Geralt, -Kopf hoch. Du hast sie gerettet. Wer weiß was dieser Psychopath mit ihr gemacht hätte? Sie ist jetzt in guten Händen und morgen kannst sie besuchen!"
Steffi legte ihre Hand auf meine.
"Danke!"
Ich stand auf und ging an die Theke.

"Du Rosi, ich möchte mich noch bei Dir entschuldigen für die blöde Anmache von neulich!"
"Schon gut Geralt. War halb so schlimm. Es waren ja fast nur Komplimente!", entgegnete sie mit einem Lächeln.
"Ernstgemeinte!", -schob ich noch schnell hinterher und ging wieder zum Tisch zurück.

"Wirst du`s Ma erzählen?" , fragte mich Ralf.
Ich blickte ihn an.
"Muss ich wohl. Sie erfährt es ja wahrscheinlich morgen eh! Also ists besser ich erzähl ihr alles!?"
"Okay. Ich fahr euch noch heim."

Steffi bedankte sich bei Ralf und ich ließ sie aussteigen.
"Wir holen dich um halb acht ab!", rief Ralf ihr hinterher.
"Passt!".

Zuhause parkte er das Auto und zog den Schlüssel ab.

"Ich komm noch mit rein. Jugendhaus bleibt zu."
Ich legte ihm die Hand auf die Schulter.

"Danke für deine Hilfe. Du hast mich vor einer großen Dummheit
bewahrt! Und, entschuldige wenn ich auf dich los wollte. Aber er hatte
mich rasend gemacht!"
"Hab`ich gesehen.
Komm, -lass uns reingehen."

Ma stand im Flur und telefonierte. Als sie uns sah winkte sie uns in die
Küche.
Ralf ging zum Kühlschrank und suchte noch was zu Essen.
Er griff sich ein Messer und setzte sich mit einem Stück Käse an den
Tisch.
"Das war euer Onkel Done. Der kommt am Freitag zur Beerdigung."
Sie setzte sich zu uns.

"Was habt ihr wieder ausgefressen, wenn ihr Beide auftaucht?
-Und das schon um halb neun?
-Hat das Jugendhaus heut` zu?"
Sie blickte Ralf an, der sich gerade ein großes Stück vom Käse in den
Mund schob.

Mit vollem Mund antwortete er etwas undeutlich.
"Mm, ..musste früher zumachen. Wir hatten noch was Wichtiges zu
erledigen!
Hör zu!"
Er schluckte runter und fing an zu erzählen.
Sie hörte aufmerksam zu.

79 ("Promises" - IQ)

"Puh!", ..das war vorerst das einzige was sie sagte als Ralf fertig war.
Sie stand auf und holte ihre Zigaretten aus der Schublade.
"Ich hab ja mit vielem noch gerechnet, aber so was?
Die arme Birgit! Ich werde morgen auf jeden Fall mitgehen."

"Nein Ma, -bitte bleib hier! Du hast hier für übermorgen noch einiges um die Ohren."
Ich nahm mir auch eine Zigarette aus ihrer Schachtel.
"Und ich brauche morgen deine Hilfe?".
Bittend blickte ich sie an.

"Inwiefern?"
"Ma, du musst morgen für mich bei Zieglers anrufen und ihnen erklären warum Birgit im Krankenhaus liegt. Ich hab` Frau Ziegler heute Abend belogen und ihr gesagt, dass Birgit bei mir ist!
…-Bitte tu das für mich!!?"

Sie stand auf und lief ein paar Schritte auf und ab. Immer wieder sah sie mich dabei an.
Es dauerte eine gefühlte Ewigkeit bis sie antwortete.
"Okay, ich mach`s.", sagte sie schließlich zu mir.
"Aber dann musst du auch was für mich tun!"
Ich nickte etwas zögerlich.
"Du musst mir versprechen dass du erstmal bis nach der Beerdigung keine Dummheiten oder Aktionen machen wirst!
-Und!", -sie hob die Hand und zeigte mit dem Finger auf mich.
"Und, -du wirst mir alles sagen was du vorhast. -Wo du hingehst, -mit wem du dich triffst!! Verstanden???"
Ihr Blick hielt mich fest.

"Fair!", sagte Ralf und schob ein weiteres Stück Käse hinterher.

Ich stand auf und stellte mich neben sie.
"Versprochen!", ..dann nahm ich sie in die Arme.
"Okay, dann geh` ich jetzt. Bin dann morgen um kurz vor halb da!"
Ralf rutschte von der Eckbank und ging auf den Flur.
Ma löste sich von mir und ging ihm hinterher.
An der Türe hielt sie ihn auf.

"Ralf. -Danke dass du auf ihn aufpasst! -Aber pass auch auf dich auf. Ich brauch` euch Beide!"
"Und wir Dich!"

80 ("Strange DejaVu" - Dream Theater)

Pünktlich holte Ralf mich ab und wir fuhren zu Steffi.
Ma hatte mit mir nochmals alles durchgesprochen.
Ungern blieb sie zuhause, aber es war besser so.
Wir holten Steffi und fuhren nach Weißenhorn.
"Ich hab das also nicht einfach so geträumt?",
war das erste was sie sagte.
"Obwohl ich kaum geschlafen hab!"
Sie schaute uns fragend an.
-Wir nickten.
"Bin mal gespannt was auf dem Video zu sehen ist?"
Ja, das waren wir alle. Hoffentlich ist was zu sehen? Ich hatte die
Kamera so ausgerichtet, dass sowohl die Türe zur Praxis als auch die
Aufzugstüre zu sehen war.
Aber meine Gedanken drehten sich nur um Birgit.

-Ich hatte kein Auge zugemacht und nur an sie gedacht.
-Ich hatte sie in diese Situation gebracht!
-Ich hatte sie alleingelassen und die Quittung dafür bekommen!
-Ich fühlte mich wie immer schuldig!

"Geralt, wir sind da."
Ralf hatte vor der Polizeiwache geparkt und sie waren schon
ausgestiegen.
Ein bekanntes Gesicht öffnete uns. Es war der Polizist, den Ma um die
Adresse von Wolfram gebeten hatte.
Er wusste über uns Bescheid, was mit Sicherheit einiges erleichtern,
-oder sagen wir besser erklärbarer machen würde!?
Er sprach Ralf und mir noch sein Beileid aus.
Dann wurden wir nacheinander einzeln vernommen.
Das passte mir gar nicht, denn ich wollte so schnell wie möglich ins
benachbarte Krankenhaus. Aber wir sollten warten, denn man wollte
uns die gesichteten Bilder vorspielen.

Es dauerte einige Zeit und dann saßen wir alle drei im
Vernehmungsraum. Die Sekretärin hatte uns in der Zwischenzeit was
zu trinken gebracht.

Wir drehten uns alle zu ihm, als der Beamte wieder ins Zimmer kam.
Er hatte ein Abspielgerät unter dem Arm und schloss es nun an den
Monitor an, der auf dem Nebentisch stand.
Er räusperte sich als er vor uns Platz nahm.
"Also, eins vorweg. -Eure Aussagen decken sich eins zu eins. Und der
Doktor hat vieles zugegeben was ihr mir berichtet habt."
Wir schauten uns erleichtert an.
"Aber jetzt zum Grund warum ihr noch hier seid!"
Alle Blicke waren auf einmal auf ihn gerichtet.

"Vieles was ihr erzählt habt, -was der Doktor und seine Angestellte
ausgesagt haben und was schon alles im Vorfeld und eurer
Vergangenheit passiert ist klingt sehr unglaubhaft!"
Peng. Das hatte gesessen.
"Es hört sich an wie eine Geschichte aus einem sehr schlechten
Horrorfilm und eigentlich kann man sie nicht glauben.
Aber dann haben wir das hier gesehen!"

Er stellte das Abspielgerät an und dann den Monitor.
"Passt auf!"
-Das brauchte er uns nicht zweimal sagen. Wir rutschten alle mit
unseren Stühlen näher ans Bild.

Zuerst war eine Zeitlang nur der Flur mit Türe und Aufzug zu sehen.
(Gute Arbeit!, ich lobte mich selber. Das Bild war diesmal gestochen
scharf!)
"Ich hab schon vorgespult. Das ging über Stunden so, -immer wieder
kam und ging jemand . Aber dann!?"
Er hatte kaum ausgesprochen da ging die Aufzugtüre auf und Dr.
Koppold trat hervor.
Er blickte nach links und rechts den Gang hinunter. Dann ging er
zurück in den Aufzug.
Sofort war er wieder rücklings zu sehen und zog eine Person an der
Hand aus der Türe.

Es war Birgit.

Sie torkelte nach vorne und wirkte wie betrunken.

Fast wäre sie gegen den Doktor gefallen wenn nicht eine andere Hand, -oder sollte man sagen eine Klaue einer weiteren Gestalt sie am anderen Arm festhielt.

Wir hielten den Atem an.

Der Beamte drückte auf Pause.
Er beobachtete uns dabei ganz genau.
"Was jetzt kommt wird euch umhauen!" (…er hatte ja keine Ahnung!).
Er ließ das Bild weiterlaufen.

Die Gestalt trat komplett auf den Flur und schob Birgit Richtung Praxis.
Steffi erschrak und Ralf und ich starrten mit offenem Mund.

Es war ein Wolf auf zwei Beinen!

Aber nur für diesen kurzen Augenblick.

Die Gestalt drehte sich sehr schnell um und verschwand wieder im Aufzug. Es war nur noch ein Schatten zu sehen der sich nach etwas auf dem Aufzugboden bückte.

Dann trat eine große männliche Person aus dem Aufzug und hatte den Rucksack von Birgit in der Hand.
Sein Gesicht war nicht zu sehen.
Der Kopf ging hin und her, so als schnupperte er.
Ralf und ich erkannten ihn sofort, versuchten aber uns nichts anmerken zu lassen.
Der Doc hatte inzwischen die Praxis aufgeschlossen und sie zerrten Birgit hinein.
Dann schloss sich die Türe.

Wieder wurde das Band angehalten.

"Das nächste interessante warst dann Du. Das war dann aber wieder ein paar Stunden später. Den Rest kennt ihr ja!?"
Er ging zum Fenster und machte es auf. -Frische Luft.

-Das brauchten wir jetzt alle!
Dann setzte er sich wieder vor uns.

"Das war gute Arbeit, Geralt. Du hattest mit deinen Vermutungen
Recht. Außerdem entlastet es dich zusätzlich in der Anschuldigung von
Silvester gegen dich.
"Komisch ist nur?", …seine Stimme war leise.
"Komisch ist nur, dass diese eine Person nicht mehr die Praxis
verlassen hatte. Und als wir kamen waren außer Euch, der Doktor, -das
Opfer und die Sprechstundenhilfe niemand mehr da!?"
Für mich gabs nur eine Erklärung.
"Er muss aus dem Fenster oder vom Balkon geklettert sein!"
"Schon möglich. Ist ja nur der erste Stock."

Er spulte das Band zurück und stoppte an der Stelle als Rudi aus dem
Aufzug trat.
"Sagt mal, -kennt ihr den?"
Er blickte uns wieder der Reihe nach an.

Wir schüttelten fast gleichzeitig den Kopf.
"Nein, -noch nie gesehen!", ich schaute ihn direkt dabei an.
"Auch nicht!". Steffi starrte nur auf den Monitor.
"Phh, -kann schon sein dass ich ihn mal gesehen hab. Vielleicht bei
einer Veranstaltung im Jugendhaus. Aber ich müsste sein Gesicht
sehen."
Ralf musste es mal wieder spannend machen.

"Was passiert jetzt mit dem Doc?", fragte ich nach.
"Der ist in U-Haft bis die Sachlage und alle Beweise gesichtet sind.
Danach kommt es zur Verhandlung. Haltet euch dafür zur Verfügung.
Vielleicht braucht man euch als Zeugen. Aber dafür bekommt ihr dann
eine extra Vorladung.
Okay, -das wars dann für heute"

Er nahm die Kassette aus dem Gerät.
"Kann ich die haben und auch die Kamera und den Recorder?"
"Nein, -Beweismaterial."
"Aber die gehören mir nicht!"

"Kamera und Recorder bekommst du bald wieder, -aber den Film
müssen wir für die Verhandlung sicherstellen."
Er stand auf und wir verabschiedeten uns.

"Wir sehen uns morgen auf der Beerdigung deines Vaters. Vielleicht
gibt's bis dahin was Neues?"

81 ("12:02" - Grey Lady Down)

Die Zeit war wie im Fluge vergangen.
Es war schon kurz vor zwölf.

Wir gingen gemeinsam über die Straße zum Krankenhaus.
Ich ging zur Anmeldung.
"Hallo, wir möchten gerne Frl. Birgit Ziegler besuchen. Wenn man
darf!?"
Eine etwas ältere Dame mit Brille schaute mich an.
"Und wer seid ihr? Junger Mann!- Angehörige?"
"Nicht direkt!?, -ich bin ihr Freund!"

"Bist du Geralt?"
Woher kannte sie meinen Namen?
"Ah, ja, der bin ich!"
"Dann tut es mir leid, -aber "Du" darfst sie sowieso nicht besuchen.
Außerdem hat der zuständige Arzt noch jeden Besuch untersagt."

Sie hatte das "Du" so richtig betont.
-Persönlich!?
"Oookaay?", entgegnete ich langsam.
"Warum darf ich sie "sowieso" nicht besuchen?"
Steffi und Ralf waren jetzt neben mich getreten.

"Vor knapp ner Stunde waren ihre Eltern da. Die haben angeordnet,
dass dir jeglicher Kontakt zu unserer Patientin untersagt wird!"
"Waas?, -und warum?",
ich verstand es nicht und Wut stieg in mir auf.

"Ich mache hier auch nur meine Arbeit! Tut mir leid für Dich."
Sie rückte ihre Brille zurecht und wandte sich wieder irgendwelchen
Papieren zu.
Ich trat ungeduldig von einem Fuß auf den anderen und kochte
innerlich.

Ralf hatte mich beobachtet und schob mich etwas zur Seite.
"Entschuldigung, -können sie uns dann wenigstens sagen wie es ihr
geht?", wie immer war er der diplomatischere von uns.
Sie schüttelte den Kopf.
"Ich habe darüber noch keine Infos. Sie liegt immer noch in der
Notfallabteilung!"
"Okay, -trotzdem vielen Dank!"
Ralf nahm mich am Arm und wir gingen nach draußen.

"Ich , -ich versteh das nicht. Warum darf ich nicht zu ihr?
Warum haben sie mir den Kontakt zu ihr verboten?"
Ich redete mehr mit mir selber als mit Steffi und Ralf.
"Ich gehe jetzt da rein und werde sie suchen?"
Ich wollte mich umdrehen, doch beide hielten mich fest.

"Einen Teufel wirst du tun, Geralt.
Du wirst jetzt mit uns ins Auto steigen und wir fahren heim.
-Verstanden?"
Ralf schloss das Auto auf.
Im Auto drehte er sich zu mir.
"Geralt, -denk doch mal drüber nach?
Du hast ihre Eltern gestern am Telefon belogen.
Dann ist etwas sehr Schlimmes passiert, was die beiden sowieso nicht
glauben können und jetzt liegt Birgit im Krankenhaus und keiner weiß
so richtig wie es ihr geht?
-Und du warst für alles der Auslöser!"

Ich verstand es trotzdem nicht.
"Aber ich hab sie doch befreit! -Und, ich liebe sie!!!"
Wie ein Häufchen Elend saß ich jetzt auf der Rückbank und begrub
mein Gesicht in den Händen.
Steffi strich mir über die Haare.

"Wir alle brauchen jetzt ein bisschen Zeit um alles zu begreifen.
Obwohl wir davon wussten und uns auch der Gefahr darüber bewusst
waren, war es auch für uns ein Schock!
-Kannst du dir dann ungefähr vorstellen wie es Birgits Eltern damit
geht?"
Langsam blickte ich wieder auf.
"Hhm, -ja, -aber trotzdem liebe ich sie doch!?"
Ich konnte es nicht wahrhaben!

82 ("Somewhere I Belong" - Linkin Park)

Ma wartete schon als wir zuhause ankamen.

"Das lief heute nicht gut, Geralt! Herr Ziegler war außer sich und hat
Dir die Freundschaft gekündigt. -Und du sollst dich von Birgit
fernhalten!"
"Ja,ja,ja,…-das hab ich auch schon erfahren!"
Ich war mehr wie angefressen und innerlich aufgebracht.
"Lasst mich alle in Ruhe!!!"

Ich lief genervt die Treppen hoch ins Zimmer.
Ralf ging mit Ma in die Küche und sie tauschten sich aus.

Ich vergrub mich unter meiner Decke.
-Ohne Musik!

Lange Zeit lag ich einfach nur da und es dauerte eine Weile bis sich
mein Inneres wieder beruhigte.
Dann versuchte ich das Geschehene für mich aufzuarbeiten und
einzuordnen.
-Mein Plan war fast aufgegangen.
-Die Idee mit der Kamera in der Praxis war perfekt.
-Ich hatte den Doc überführt.
-Ralf war der Beste.
-Und Steffi konnte sich rehabilitieren.

Tja,
-aber das mit Birgit war nicht geplant.
-ich hatte ihren Eltern was vorgemacht.
-und ihr wurde weh getan. -Wie auch immer?
-damit hatte ich nicht gerechnet.

Und dann ist da noch Rudi!
-Wieder mal!!!

83 ("Humble Stance" - Saga)

Es war dunkel als Ma ins Zimmer kam.
"Geralt?"
Sie schaltete das Licht an.
"Bist du wach?"
-Am liebsten hätte ich mit "nein" geantwortet.
Ich setzte mich auf.
"Wie geht`s dir?" Sie setzte sich neben mich.
"Geht!"
"Ich kanns dir nachfühlen. Auch mir gings damals mit deinem Vater und deinem Opa nicht anders!"
"Ma? -Denkst du es wird irgendwann mal aufhören, oder ich kann es aufhalten?"
"Nein, Geralt. Du kannst es nicht.
In deinem Falle könnte es nur Ralf tun! -Und wer weiß, ob du nicht schon diese Gene an jemanden weitergegeben hast!? Das wird sich erst beweisen wenn euer Kind zur Welt gekommen ist!?"

"Ich mach mir große Sorgen um Birgit!"
"Ich auch!", sagte Ma.
Sie stand auf und ging zur Tür.

Bevor sie das Licht ausmachte drehte sie sich nochmals zu mir um.
"Geralt? -Ich möchte Ralf und Dich gerne morgen links und rechts von mir?"
"Hhm!"

Sie löschte das Licht.

Meine Finger spielten mit dem Amulett das noch immer um meinen Hals lag.

Nein, -ich werde nicht weinen!
-Nie mehr!

84 ("Lost for Words" - Lorien)

Wir waren schon früher am Friedhof und hatten nochmals den Ablauf besprochen.
Es nahmen doch mehr von ihm Abschied als wir erwartet hatten.
Natürlich Familie und Verwandtschaft!

Aber außerdem ein paar seiner langjährigen Freunde, mit denen er regelmäßig noch Karten gespielt hat bevor er krank wurde.
Eine Abordnung der Polizei, mit unserem Bekannten voraus, -und auch Schwester Inge war mit einigen Heimbewohnern gekommen.

Zur anschließenden Messe hatten Ralf und ich ein kurzes Laudatio verfasst.
Ralf las es vor.
Ma saß dabei in der ersten Reihe und versuchte ihre Tränen zu unterdrücken.
Als ich es dann mit nachfolgendem Spruch beendete, konnte sie diese nicht mehr zurückhalten.

"Jeder Mensch wird als Original geboren,
doch die meisten sterben als Kopie!
Du warst einzigartig bis zu deinem letzten Atemzug,
unvergleichbar und unmöglich zu kopieren!"

Es dauerte danach seine Zeit bis alle ihr Beileid bezeugt hatten und ich mit Ma zum Parkplatz ging.

Ralf fuhr separat mit Heike.
Wie fast überall wurde es am Nachmittag noch eine schöne Trauerfeier.
Ma saß bei ihren Verwandten, wirkte sehr gelöst und lachte sogar ab und an.

So langsam verabschiedeten sich die ersten und auch Ralf und Heike wollten gehen.
Heike umarmte mich.
"Und, gibt's was neues von Birgit?"
"Nein, leider nicht. Ich will aber morgen früh gleich bei ihren Eltern und im Krankenhaus anrufen!"
"Ich drück dir die Daumen!", sie gab mir nen Kuss auf die Wange.
"Danke Heike. Tut gut!"

Ich blieb bei unserer Mutter und half zuhause bei Kaffee und Kuchen so gut ich konnte.
Es lenkte mich etwas von meinen düsteren Gedanken ab.
Und Ma tat`s gut!

85 ("Bad" - U2)

Mit der zweiten Tasse Kaffee ging ich zurück auf mein Zimmer und zog mich an.
Dann sortierte ich meine Wäsche und hängte den schwarzen Anzug wieder in den Schrank.

Ma war noch im Bett.
Bei ihr wars gestern auch sehr spät geworden.
Sie saß sehr lange mit einem meiner Onkels zusammen.
Es war kurz vor neun als ich hörte wie sie aufstand.
Zehn Minuten später ging sie in die Küche.

Ich rutschte mit meiner Tasse in der Hand das Geländer runter und setzte mich in der Küche zu ihr an den Tisch.
"Danke für gestern! Es war eine schöne Feier und Pa hätte es sich so gewünscht!"

"Schon okay! Hab ich gerne gemacht!"
Sie schaute mich an.
"Was hast heute vor?"
Nebenbei öffnete sie die Trauerkarten.
"Muss mir heute einige Fragen beantworten?"
"Heißt was?"

Warum musste ich immer alles erklären?
Sie merkte mir an, dass ihre Fragen mich nervten!
"Geralt, -du hast mir was versprochen!"
"Ja, ist ja gut! Als erstes rufe ich nachher im Krankenhaus an und dann
bei Zieglers.
Oder denkst du ich soll bei ihnen vorbeigehen?"
Jetzt wollte ich ihren Rat.

"Tja, vorbeigehen wäre natürlich besser. Persönliches Gespräch ist
immer gut! -Aber vielleicht solltest du vorher doch anrufen um sicher
zu sein dass sie da sind."
"Okay!"
In dem Moment in dem ich ausgesprochen hatte läutete das Telefon.

"Um die Uhrzeit ist es sicher für dich!", sagte ich zu ihr und schenkte
mir nochmals Kaffee nach.
Ma ging zum Telefon. Ich hörte alles und wurde wieder unruhig.
Sie schaute in die Küche.
"Geralt, -im Krankenhaus brauchst nicht mehr anrufen. Die sind dran
und wollen dich sprechen!?", fragend blickte sie mich an.
Ich zuckte nichtwissend mit den Achseln und nahm ihr den Hörer aus
der Hand.
Mein Blut raste wieder durch meine Adern.

"Hallo? Hier ist Geralt!"
Eine weibliche Stimme antwortete mir.
"Ja, hier ist das Kreiskrankenhaus in Weißenhorn. Guten Morgen. Mein
Name ist Bettina Klein. Spreche ich mit Geralt?"

Geht`s nicht noch länger? Jetzt sag schon endlich was los ist!
Ma stand neben mir und schaute mich neugierig an.

"Hab` ich ihnen doch schon gesagt, -was ist denn?"
-Ungeduld.

"Eine unserer Patientinnen, Frl. Birgit Ziegler, möchte dass sie
persönlich vorbeikommen. So schnell wie möglich!?"
"Okay, -was ist denn passiert?", ich versuchte höflich zu klingen.
"Dazu darf ich am Telefon nichts sagen. Also, was kann ich Frl. Ziegler
ausrichten?"
"Ja, richten sie ihr bitte aus dass ich mich beeile."
"Das werde ich, vielen Dank und auf Wiederhören!"

Birgit?
Was ist passiert?
-Aber sie will mich sehen!

"Ma?", sie schaute mich erwartungsvoll an.
"Kannst du mich sofort nach Weißenhorn fahren, oder soll ich den Bus
nehmen?"
"Was ist denn los?"
"Keine Ahnung, -sie haben mir nur ausgerichtet, dass Birgit mich so
schnell wie möglich sehen möchte!"
"Das ist doch gut?", -Ma versuchte der Situation positives
abzugewinnen.
"Glaub nicht!"

Mein Inneres erzählte mir was anderes.

86 ("Silent Grace" - Everon)

Eine halbe Stunde später stand ich an der Anmeldung.

"Ah, -junger Mann."
Es war dieselbe Dame, die mich vor zwei Tagen abgewiesen hatte.
"Sie liegt im 1.Stock auf Zimmer siebzehn. Der Arzt ist noch bei ihr.
Aber sie dürfen zu ihr gehen."

Ich bat Ma zu warten und obwohl es ihr natürlich schwerfiel, griff sie eine Zeitung und setzte sich in den Wartebereich vorm Zimmer.

Mein Herz raste und ich war aufs äußerste angespannt als ich an der Türe klopfte.

"Ja bitte!"
-Eine kräftige Männerstimme.
Die Türklinke quietschte leise als ich eintrat.
Es roch nach Trauer und ich wusste sofort dass etwas Schlimmes passiert war.
(...-wie riecht Trauer?).

Birgit lag halbaufgerichtet im Bett und auf einem Stuhl vor ihr saß ein Arzt?
Sie schaute zu mir.
Ihre Augen waren traurig und leer.
Nichts mehr von ihrem Strahlen und ihrer Lebendigkeit.

Der Arzt erhob sich aus seinem Stuhl und trat mir entgegen.
"Guten Morgen. Du bist wohl Geralt?"
Ich nickte kurz.
"Ich bin Dr. Fahrenschon, -Birgits behandelnder Arzt."
Er gab mir die Hand und ging Richtung Türe.
"Ich lass euch alleine. Aber ich hätte dich nachher gerne noch gesprochen!?"
Wiederum begleitet von leisem Quietschen verließ er das Zimmer und ließ uns alleine.

Unsere Blicke suchten einander und ich setzte mich zu ihr aufs Bett.
Minutenlang hielten wir uns nur fest.
-Was heißt hier wir hielten uns fest?
Ich hielt sie und sie war einfach nur kraftlos.
Ein Windstoss hätte sie wahrscheinlich davongetragen!?

"Birgit!?"

"...Geralt!?"

…es war nur ein leises Flüstern.
…-aber ich wusste, dass das was jetzt kam, mit urgewaltigem
Donnerhall auf mich einschlagen würde!!!

"…-ich habe unser Kind verloren!"

87 ("Keep it with mine" - Threshold)

Nein,
-nie mehr weinen!

Es dauerte eine Weile bis der Donnerhall in mir verklungen war.

Wie in Trance stand ich auf.
Birgit wollte mich nicht loslassen.
Ich ging zum Fenster und mit leerem Blick schaute ich nach draußen.

Auf einmal wischte ich alles was auf dem kleinen Tisch stand mit einer
schnellen Armbewegung nach unten.
Meine Hände waren zu Klauen geworden.

Ich packte den Besucherstuhl und warf ihn krachend gegen die Tür.

"Neeiiin!!!"
Es war ein schmerzerfüllter und trauriger Schrei.

"Geralt, -komm zu mir."
Birgit breitete die Arme aus.

"Neeiin!"
Kein Schrei der Welt konnte meinen Schmerz ausdrücken!

Ich lehnte mich rücklings gegen die Wand und rutschte wie in Zeitlupe
an ihr herunter.

Wie ein Häufchen Elend kauerte ich jetzt am Boden und hatte den Kopf zwischen den Knien.
Die Tür schwang auf und zuerst kam der Arzt und hinter ihm meine Mutter.
Sofort steckte ich meine Hände unter meinen Pulli und atmete flach aus und ein.

"Birgit!", -Ma ging sofort zu ihr ans Bett und nahm sie in die Arme.
Der Arzt blickte sich kurz um und kniete sich dann neben mich.
"Geralt?"
Er hob meinen Kopf und schaute mir in die Augen.

Er erschrak für einen kurzen Moment.
Das Feuer der Hölle strahlte ihm durch meine Augen entgegen.

"Geralt!" Der Moment war vorbei.
Er zog mich am Arm hoch.
"Komm mit, -wir müssen reden!"

Ma saß jetzt neben Birgit und beide blickten uns hinterher als der Arzt mich nach draußen führte.

88 ("The Power of Love" - Frankie goss to Hollywood)

Er nahm mich mit in sein Zimmer und setzte mich auf einen Stuhl.
Dann kramte er in einem Wandschränkchen und zog eine Spritze auf.

Unsere Blicke kreuzten sich.
"Keine Angst! -Nur zur Beruhigung. Ein kleiner Cocktail. Wird dir gut tun!?"
Ich spürte dass er es ehrlich meinte und hielt ihm meinen Oberarm entgegen.

Tatsächlich.

Kurze Zeit später saß ich sehr entspannt vor seinem Schreibtisch.

In der Mitte darauf stand ein kunstvoll verzierter, silberner Metallbehälter, -in dem ein langer, spitzer Brieföffner, eine Schere und dieses kleine metallene Reflexhämmerchen steckten.
Er folgte meinem Blick.
"Ein Geschenk von meinen Mitarbeitern zum Fünfzigsten! -Feinstes Silber!"
Doch dann sah er mich ernst an.

"Geralt, -es tut mir sehr leid für euch. Aber wir konnten nichts mehr tun. Es war zu spät!"
Seine Stimme beruhigte mich vollends. Trotzdem sah ich ihn fragend an.
"Ach so!? -Du weißt noch gar nichts?"
"Nein, -ich durfte ja nicht zu ihr und man hat mir auch nichts gesagt."
Meine Stimme funktionierte noch.
-Was war das für ein Cocktail???
Er rutschte näher an mich und fing an zu erzählen.

"Birgit wurde mit dem Rettungswagen in unsere Notfallabteilung gebracht. Sie war stark unterkühlt und nicht bei Bewusstsein.
Ich war der zugeteilte Arzt und führte die Untersuchungen durch.
Ihr wurde ein sehr starkes und nachhaltiges Betäubungsmittel gespritzt.
Sie war komplett willenlos und reagierte auf überhaupt nichts mehr."
Ja, stimmt. So hatte ich sie vorgefunden.

"Außerdem hatte sie innere Blutungen, die aufgrund der äußerlichen blauen Flecke auf einen harten Schlag in die Bauchdecke deuteten."
Er räusperte sich kurz.
"Tja, -dies zusammen führte dann dazu dass sie euren Nachwuchs verlor."
Wir holten beide leise Luft.
Er stand auf und legte mir eine Hand auf die Schulter.
"Tut mir sehr leid Geralt!"

Nie mehr weinen!

-Ich stand auf.

"Wurde ihr sonst irgendetwas angetan?"
-Ich fand sie ja nur noch mit ihrem Slip bekleidet vor!
"Nein Geralt, -da kannst du beruhigt sein!"
"Ich möchte zu Birgit."
Gemeinsam gingen wir zurück.

"Ma, -lässt du uns alleine?"
Der Arzt nickte ihr zu und im vorbeigehen strich sie mir über den Arm.

Ich zog mir die Schuhe aus und legte mich zu Birgit ins Bett.
"Hey?"
"Auch Hey!"
Ich brauchte nicht zu fragen wie es ihr geht, -ich spürte es!
Ihre Haut, ja ihr ganzer Körper fühlte sich kalt und leer an.

"Es wir dir bald besser gehen! Du bist hier in guten Händen und ich
habe seit langen mal wieder Vertrauen zu einem Arzt!"
Ich wollte sie etwas aufmuntern.
Meine Hände strichen ihr über Schultern und Beine.
Ihren Bauch traute ich mich nicht.
"Es wird alles wieder gut!"
-Lüge!

-…denn ich wusste, die Wunden heilen, aber der Schmerz wird ihr
ewig bleiben!

Es klopfte und der Arzt blickte herein.
"Geralt? Sorry, -aber du musst jetzt wieder gehen. Sie braucht noch
sehr viel Ruhe!"
Er hielt ihr einen kleinen Becher entgegen und sie schaffte es mit Mühe
ihn zu halten.
"Das wird dich wieder schlafen lassen, denn das ist jetzt die beste
Medizin für dich!"
Ich nickte ihm zu, schlüpfte aus dem Bett und zog die Schuhe wieder
an.

"Lass mich nie wieder alleine!" -flüsternde Anklage?
Ihre Hand hielt mich.

"Nie wieder! -Versprochen!"
Ich griff an meinen Hals, löste die Kette mit dem Amulett und legte es ihr um.
"Das wir dich beschützen, -und dadurch bin ich auch immer bei Dir! Ich liebe Dich!"
Wir küssten uns.
Ihre Lippen waren kalt und kaum zu spüren.
Wie die Flügel eines Schmetterlings!

Schon bevor ich aus dem Zimmer war, war sie bereits eingeschlafen.
Trotz allem sah sie aus wie ein Engel.

"Wird sie wieder gesund werden?",
Ma fragte den Arzt und ich ging neben ihnen.
"Tja, -körperlich mit Sicherheit. Aber was mit ihrer Psyche passiert kann ich ihnen nicht sagen!?
Wir werden ihr ab morgen eine Psychiaterin zur Seite stellen."

Am Ausgang drehte ich mich zu ihm.
"Wann darf sie wieder nach Hause?"
Er schaute mich vertrauensvoll an.
"Ich denke in drei bis vier Tagen. Heute Nachmittag kommen ihre Eltern zum Gespräch.
Darf ich ihnen sagen, dass du hier warst?"
"Ja bitte, -unbedingt!"
Ich wollte keine Geheimnisse mehr vor ihnen haben.

"Und Gerald!" Er legte mir nochmals die Hand auf die Schulter.
"Auch du solltest etwas Ruhe und Abstand gewinnen.
Und solltest du irgendwelche Hilfe brauchen, dann melde dich!"
"Vielen Dank! Darf ich Birgit weiter besuchen?"
"Du darfst jeden Tag kommen wenn du möchtest, -aber nur wenn du unsere Einrichtung in Ruhe lässt!?"
Ein Lächeln schlich um seine Mundwinkel.
"… -und vielleicht finden wir ja auch einen gemeinsamen Termin mit Birgits Eltern?"
"Danke!"
Wir verabschiedeten uns.

Ma nahm meine Hand als wir zum Auto gingen.
"Geralt, -es tut mir so leid!"
"Hhm."

Zuhause ging ich auf mein Zimmer.
Ich legte "Wind & Wuthering" von Genesis auf den Plattenteller und
setzte mich in den Sessel.

"Depri-Musik", -so bezeichnete Conny es.
Ich wollte nichts denken.

Doch ich hatte Birgits Antlitz vor meinen Augen.
Schließlich schlief ich ein.
Der Cocktail wirkte noch.

89 ("Ghosts" - Pendragon)

Am Spätnachmittag wachte ich auf.

Über mir war eine Decke ausgebreitet und der Plattenspieler war
ausgeschaltet!?
Ich fühlte mich überraschend frisch und ausgeschlafen.
Aber in mir war Trauer.

"Sollte mir ne Flasche von dem Zeug besorgen!", dachte ich.
Mein Blick fiel auf den Kalender.
Heute war Samstag und die erste Rockparty des neuen Jahres im
Jugendhaus.
Mit frischem Hemd ging ich ins Bad.

Ich hatte den Eindruck dass meine Augen noch immer einen gelblichen
Glanz hatten!?

"Na, ausgeschlafen? Bin einmal zu dir hoch und du hast geschlafen wie
ein Baby!"
"Danke für die Decke."

Ich setzte mich und beobachtete sie.
Nach kurzer Zeit blickte sie von ihrer Zeitschrift auf.
"Du willst doch was von mir? Also raus damit?"
Sie kannte mich nur zu gut!
-Aber wer sonst?, wenn nicht sie!
"Möchte gern ins Jugendhaus. Da ist heut wieder Rockparty."
Ein mehr wie prüfender Blick von ihr.
"Mir geht's gut! Fühl mich frisch und fit!"
Das war nicht gelogen.

"Okay, aber pünktlich um elf bist du da! -Oder soll ich dich holen?"
"Nein, -brauchst wirklich nicht. Ich geh ohne Umwege heim. Ich geh`
nicht über Los und ich ziehe leider auch keine viertausend Mark ein!"
-Monopoly.
Sie lächelte.
"Nein, keine viertausend Mark!"
Sie stand auf und holte aus ihrer Geldbörse zwanzig Mark.
"Für gestern!"

90 ("Sparkles in the Dark" - Shakary)

Ich wollte nicht traurig sein, und vor allem wollte ich die anderen
damit nicht belasten.
Sollte ich es Ralf erzählen?
Er würde es eh über kurz oder lang erfahren.
Vielleicht wenn sich die Gelegenheit ergibt!?
-Das waren meine Gedanken als ich zum Jugendhaus marschierte.

Die Couchecke war von einer anderen Gruppe belegt und so saßen
Fräulein und Schädel an der Theke als ich eintrat.
Aus den Boxen dröhnte "White Room" von Cream.
-Geiler Song.

"Hi."
Ich stellte mich zwischen die beiden und begrüßte auch Heike die
hinterm Tresen stand.

Obwohl sie nichts sagte, konnte ich an ihrem fragendem Blick erkennen dass sie bereits alles wusste!?
"Mir geht es gut!" Ihre Frage war beantwortet.
"Wo ist Ralf?" Sie hob den Kopf nach oben. -Teestube!

"Wow.", sagte Fräulein zu mir. "Da habt ihr ganz schön was durchgemacht!"
Ich wusste nicht wie viel sie wussten, -aber es musste reichen.
Natürlich hatte sich die Aktion von der Praxis in Senden rumgesprochen.
Ich wollte aber nicht mit ihnen darüber reden.

Nach kurzer Zeit kamen auch Steffi und Schaufel.
Hand in Hand.
-Na endlich!
Niemand fragte mich groß aus, oder wollte Einzelheiten wissen.
Stilles Verständnis.
Ich hörte ihnen zu und ab und an beteiligte ich mich an ihren Gesprächen.
Doch die meiste Zeit sog ich die Musik in mir auf und dachte an Birgit.
-Und an Rudi!

Steffi beobachtete mich die ganze Zeit.
Irgendwann stand sie neben mir.

"Geralt, -was ist mit deinen Augen? ...Trägst du Kontaktlinsen?"
"Nein, -wieso?"
"Sie schimmern komisch gelb!"
-Also doch!
Mein inneres Feuer wollte nach draußen!?
Und, -es wurde Vollmond!

Die Tür ging auf und Ralf kam herein.
Er verschaffte sich einen kurzen Überblick, sah mich, holte zwei Bier und winkte mir zu.

In der Ecke neben der Theke war noch ein kleiner Tisch frei.
Wir setzten uns und er stellte eine Flasche vor mich.

Wieder machte ich sie mit den Zähnen auf.

"Ich hab vorher noch kurz mit Ma telefoniert und wollte wissen wie es ihr nach der Beerdigung geht.
Da hat sie mir gesagt dass ihr heut im Krankenhaus wart, -und du hierher kommst.
-Erzähl`s mir!"
Ich berichtete ihm alles.

"Tut mir leid Großer!",
-mehr brauchte er nicht zu sagen.
Wir hörten der Musik zu und Heike brachte uns zwei neue Bier.
Sie sagte nichts zu mir.

"Ralf, es war schlimm für mich und ich hätte mich fast vor dem Arzt verwandelt.
Ich,..,ich hatte mich nicht mehr unter Kontrolle. Und es dominiert mich noch immer!"
Mein Puls hatte sich wieder beschleunigt.

"Man siehts! -Aber reiß dich zusammen. Heike und ich wollen morgen gegen Mittag ins Krankenhaus fahren und wir nehmen dich gerne mit!"
"Mann, das ist klasse! Dann brauch ich Ma nicht fragen ob sie mich fährt!!! -Danke!"
"Kein Ding!"

Wir standen auf.
Ralf ging hinter die Theke und ich zurück zu den anderen.

91 ("Ending Theme" - Pain of Salvation)

Die Musik wurde immer noch besser.

"Welches Bier trinkst du am liebsten?"
-Fräulein stellte mir die Frage als ich mal wieder am Etikett meiner Flasche rubbelte.

"Immer das Nächste!",
war sofort meine Antwort und wir grinsten uns an.
"Na dann nehmen wir doch gleich noch eins!?", er ging zu Heike um
bei ihr zu bestellen.
Die Spannung in mir ließ langsam nach.

Doch dann ging die Tür auf und ich wusste sofort als ich ihn sah, dass
es jetzt soweit war.

-Blut im Januar!

Es war Wolfram.

Und er stiefelte direkt auf mich zu.
"Zum Glück. Ich hoffte dass ich dich hier finde!?"
Er schaute mich an und erschrak etwas, als er meine Augen sah.

"Rudi ist auf der Jagd!!!"

92 ("Fearless" - Sylvan)

Ich dachte nach.
Meine Sinne arbeiteten auf Hochtouren.
Wolfram stand noch immer vor mir.
Ich hatte ihm noch kein Wort entgegnet.

Fräulein redete mit Heike und Schädel war mit Steffi und Schaufel auf
der Tanzfläche.
Sie hatten noch nichts mitbekommen.
Nur Ralf beobachtete uns aufmerksam.

-Dann war mir alles klar!

"Danke!", sagte ich zu Wolfram.
Ich ließ ihn stehen und ging hinter die Theke zu Ralf.

Ohne ein Wort von mir schnappte er sich seinen Autoschlüssel.
"Fahr mich nach Weißenhorn ins Krankenhaus. Schnell!"

"Wir sind bald wieder da! Müssen schnell noch was holen!"
Er küsste Heike auf die Wange, die uns erstaunt ansah.
"Das Bier trink` ich später!", rief ich im vorbeigehen Fräulein zu und
wir liefen nach draußen.
"Was soll ich machen?"
Ralf sah mich fragend an.
"Fahren. Das ist alles!
-Rudi ist auf der Jagd und ich bin mir sicher dass er sich Birgit holen
will!?"
"Was willst du machen?"
-Blöde Frage?, -und er wusste es!

Meine Finger trommelten nervös auf dem Armaturenbrett und meine
Fingernägel waren mindestens zwei Zentimeter lang.

"Geralt?" -Ralf hatte es gesehen.
"Ich weiß!"
"Er" strahlte durchs Seitenfenster.

93 ("Nosferatu" - Evergrey)

Die Anmeldung war nicht besetzt und die große Glastüre daneben, die
zu den Zimmern führte war geschlossen.

"Ralf!", mit dem Kopf deutete ich zur Türe und er verstand.
Das kleine ovale Klapptürchen, das in die Scheibe der Anmeldung
integriert war, war nur mit einen Metallschnapper gesichert.
Nach einem festen Schlag klappte es auf und ich konnte meinen Arm
bis zum Türöffner durchstecken.
Ein leises Summen und Ralf konnte die große Türe aufdrücken.

"Erster Stock, -Zimmer siebzehn.", rief ich ihm zu und wir liefen los.
Auf den Gängen war niemand zu sehen.

Ich legte mein Ohr an die Türe und lauschte.
Ralf blickte sich im Flur um.

Ganz langsam drückte ich die Klinke nach unten. Dabei zog ich sehr
stark an der Tür um das Quietschen zu verhindern.
Ich vernahm ein leises Knurren und es roch widerlich.
Mit voller Wucht schwang ich jetzt die Türe auf und sprang ins
Zimmer.
Es brannte kein Licht.
Aber meine Augen hatten sich sofort an die Dunkelheit gewöhnt und
ich konnte alles erkennen.

Rudi, -oder besser gesagt ?, -ich weiß es nicht ?,
…-auf jeden Fall eine große, dunkle Gestalt!,
…Tier?, …Wolf?, …-stand hoch aufgerichtet über Birgit.
Leuchtende Augen und zwei Reihen langer, schärfster Zähne blitzten
mir jetzt entgegen.

Sie lag wie paralysiert im Bett.
Bevor einer von uns irgendwas machen konnte, stürmte Ralf ins
Zimmer mit einem Feuerlöscher in Händen.
Weißer Schaum ergoss sich über das Bett, über Birgit und Rudi.
Er taumelte vom Bett und hielt sich die Klauen vor seine Fratze.
Sofort war ich bei ihm, packte ihn und drängte ihn in die Ecke des
Zimmers.

-Aber er war stark.
Sehr stark!

Ralf löste schnell die Stopper am Bett und schob es mitsamt Birgit aus
der Türe in den Flur.
"Was ist denn hier los?"
Die Nachtschwester kam ihm entgegen.
"Schnell, fragen sie nicht, -fahren sie sie nach unten und alarmieren sie
die Polizei!"
Er schob sie Richtung Aufzug.
Ohne weiter nachzufragen nickte sie ihm zu und drückte auf den
Aufzugsknopf.

Mit Leichtigkeit löste er meinen Griff und drückte mich gegen die Wand. Seine lange Zunge leckte den Schaum von seiner Schnauze.

"Endlich!", -es war ein rauhes Grunzen.
"Darauf hab` ich die ganze Zeit gewartet! So gerne ich Birgit habe, -aber Dich hab ich noch viel lieber!!!"
Seine Augen glühten.

"Du hast mir dein Wort gegeben!?"
Sein Griff war eisern.
"Wort!?", -er spuckte aus.
"Worte??? -Was sind sie wert? -Lügen!!! -Wir belügen uns doch alle!!!"
Er schüttelte sich und seine Spucke und Geifer spritzten mir ins Gesicht.
Sein Geruch war widerlich.
Nasser Hund?, -Nein?
-Eine Kiste kranker Affen trafen es schon eher!

"Weißt du was zählt?"
Wieder schüttelte er sich.
"Weißt du was?"
Er packte mich am Hals und kam meinem Gesicht immer näher.
"Nur das! -Das zählt!!!"
Sein Kopf ragte jetzt über mir und seine Fratze wurde durch das hereinflutende Mondlicht angeleuchtet.

Gier, Mordlust und Wahnsinn!!!
Er hielt mich unerbittlich fest.

"Und jetzt werde ich dich töten!!!"
Seine Fratze lachte.
Er verzog die "Mundwinkel?" -und er lachte.

"Rudi?", -ich brachte nur noch ein Flüstern heraus.
"Rudi, …hör auf damit. Der Doc hat dich zu dem gemacht was du jetzt bist. Er hat dich zu seiner Marionette gemacht und du führst jetzt aus zu was er nicht in der Lage war.
-Hör auf damit!!!"

"Nein!, -Nein!!!", -er wurde noch ein bisschen größer und würgte mich noch mehr.
"Er hat mir Macht gegeben. Und mit dieser Macht werde ich dich jetzt vernichten!"
-Wahnsinn pur!

Aber ich hatte es nochmals auf die sanfte Art probiert!
Diese Chance hatte er jetzt verspielt!
-Doch mir ging langsam die Luft aus!?

94 ("Waking the Demon" - Bullet for my Valentine)

GottseiDank war da noch Ralf.

Nachdem er Birgit in Sicherheit gebracht hatte lief er zurück ins Zimmer.
Er sah mich in meiner auswegslosen Lage und reagierte sofort.
Geistesgegenwärtig griff er wieder nach dem Feuerlöscher.
Ohne darüber nachzudenken holte er aus und zog ihn Rudi von hinten über den Schädel.

Mit furchterregendem Jaulen ließ er von mir ab und drehte sich blitzschnell zu Ralf um.
Zu schnell.

-Ralf hatte nicht damit gerechnet.
Ein Hieb seiner Pranke schlitzte ihm über quer die Brust. Gleichzeitig packte er ihn an der Schultern.
Speichel, Geifer und Schweiß tropften über seine offene Wunde, die sofort stark blutete.
Er warf Ralf aus der Türe auf den Flur zurück. Dieser knallte gegen die Wand und fiel dann auf den Boden.
Mit einem animalischen Knurren drehte er sich wieder zu mir.

Es ging alles sehr schnell.
Doch genauso schnell stand ich am Fenster.

Zwei, -drei flache Atemzüge, -und "sein" schimmerndes Licht genügten.

Jetzt waren wir fast ebenbürtige Gegner!?
Der Tanz konnte beginnen!

Unsere Körper prallten aufeinander.

Meine Kiefer schnappten nach seinem Gesicht, und er versuchte mich wieder gegen die Wand zu drängen.
Er hielt mich dabei auf Distanz und trat mir dann mit voller Wucht zwischen die Beine.
Schmerz!
Großer Schmerz.
"Wie du mir, so ich dir!", er sabberte.
Ich glaubte es war außer unseren Stimmen nichts menschliches mehr an uns!?

Er durfte nicht gewinnen!
Nein, - er durfte Birgit nicht bekommen!!
Mein Leben gegen Ihres!!!

Urplötzlich gab ich meiner Gegenwehr nach und ging sogar noch einen Schritt zurück.
Sein Körpergewicht und die unbändige Kraft schoben ihn nach vorne.
Ich drehte ihn und mich leicht zur Seite und drückte ihn jetzt gegen die Wand.
Meine langen Reißzähne verbissen sich sofort in seinen Hals.
Seine Augen glühten auf und ich spürte seinen Schmerz.
Er rammte mir seine Pranke mit voller Wucht von oben auf die Schnauze.
Es gab ein Geräusch wie wenn man einen Vorhang auseinander riss.
Mit einem Stück Fleisch aus seinem Hals im Maul rutsche ich an seiner Brust nach unten.

Ich spuckte aus.
Er packte mich wieder links und rechts und stieß sich mit einem Bein kraftvoll von der Wand ab.

Gemeinsam stürzten wir auf den Flur, wo sich soeben Ralf langsam wieder hoch rappelte.

Er war jetzt über mir, -triumphierend, -und schlug hart auf mich ein.

Dunkles Blut lief aus seiner Wunde am Hals und tropfte mir ins Gesicht.

Meine Zunge leckte es gierig auf.

-Warm!
-Süß!
-Erregend!!!
Es machte mich rasend, -wild, -mächtig, -und entfesselte meine letzten Kräfte!

Ich schüttelte mich nur kurz.
Langsam und mit schierer Kraft erhob ich mich.
Ich drückte ihn von mir!

Wieder rammte er seinen massigen Körper gegen mich und versuchte mit seinen Kiefern nach mir zu beißen.

Er brachte mich damit aus dem Gleichgewicht.

Wir fielen ineinander verkeilt nach hinten und stürzten durch die Milchglasscheibe in das Zimmer des Arztes.

Unzählige Scherben schnitten mir ins Fleisch.

Er war als erster wieder auf den Beinen und baute sich vor mir auf.

-Keine bisher dagewesene Szene aus einem Horrorfilm konnte es mit seiner momentanen Widerwärtigkeit aufnehmen!

Ralf sprang ihn von hinten wieder an und nahm ihn in den "Schwitzkasten"!

Er griff nach hinten und warf Ralf in hohem Bogen über seinen Kopf auf den Schreibtisch.

Ralf schlitterte über dessen Platte und fiel mit allen Utensilien auf den Fliesenboden.

Mit Leichtigkeit hob er mich dann hoch und drückte mich auf den Schreibtisch.

Er holte aus und ich konnte mich im letzten Moment etwas zur Seite drehen.

Seine haarigen, langen Klauen fuhren an meinem Gesicht vorbei und bohrten sich dann aber in meine Schulter.

Ich spürte den Schmerz nicht mehr.
Wieder traf mich ein harter Schlag und mein Kopf wurde zur Seite geschleudert.

Meine Kräfte ließen nach.

Ralf lag auf dem Boden und seine Augen glitten wild und schnell hin und her.
Sie blieben an dem silbernen Brieföffner haften.
In diesem Moment trafen sich unsere Blicke und er verstand!

"Mehr hast du nicht drauf?", gurgelte Rudi mich wieder an.
Noch ein Schlag.
Mir wurde schwummrig.
Wir rutschten beide über die Tischplatte und er kam wieder auf die Füße.
Er zog mich hoch, holte abermals aus, und grinste mich, -jetzt mit blutunterlaufenen Augen, - sehr überheblich an.

Doch jetzt grinste ich zurück!
-Und das sollte das letzte sein was er sah!?

Ich tauchte unter seinem Schlag durch, drehte ihn, -warf mich mit meinem Körper gegen ihn und zog ihm mit letzter Energie seine Beine weg.
Fast wie in Zeitlupe fielen wir nach vorne.

Und Ralf hielt den silbernen Brieföffner mit der Spitze nach oben.

Wir krachten zu Boden.
Ich auf Ihm.

Der Brieföffner durchbohrte seinen Brustkorb und blieb in seinem Herzen stecken.

Es wurde still.

Langsam spürte ich wie sich der Körper unter mir veränderte.
Er wurde schlaff.
-Weich.
-Leblos!
-aber wieder menschlich!

Ralf lag neben uns, -eine Hand unter Rudis massigem Körper, -und blickte mich an.

"Du bist soo hässlich!!!"

95 ("Survival" - Yes)

Diesmal dauerte es etwas länger als ein, zwei flache Atemzüge bis ich wieder im hier und jetzt war.

Ralf half mir hoch.
Ich blutete aus vielen Wunden.

"Großer, - es ist vorbei!"
"Dank Dir!"
"Hab mir ernsthaft überlegt ob ich dir das Ding nicht in die Brust ramme, so scheußlich hast du ausgesehen!"

Wir nahmen uns in die Arme und traten auf den Flur.
Kein Blick zurück.

Wie fast immer, -erst dann wenn alles vorbei ist, -traten zwei Personen aus dem Aufzug.
Es war der uns bekannte Beamte und Dr. Fahrenschon.
Sie sahen sich beide um und eilten dann zu uns.

Ralf stützte mich und sagte dann zu ihnen,

"Der böse Wolf ist tot! (Rudi), -Birgit lebt!, -und die Geißlein sind wohlauf! (das galt uns!)"

-Sein besonderer Humor!

96 ("Friday`s Dream" - Arena)

Unsere Verletzungen wurden sofort behandelt.
Der Arzt nähte die offene Wunde an meiner Schulter und sah sich die vielen kleinen Schnitte an.

Ralf hatte "nur" eine große Risswunde auf der Brust, und viele größere blaue Flecken zierten seinen Oberkörper.
Aufgrund der Tiefe der Risswunde musste auch diese genäht werden.
Dann legte man uns feste Verbände drüber.

Gleichzeitig wurden wir von dem Beamten vernommen, was den Arzt sichtlich störte.
Als er mit seinen Fragen fertig war packte er seine Unterlagen zusammen und verabschiedete sich von uns.
"Also das was ich mit euch schon alles mitmachen musste!?", er holte tief Luft.
...- so was hätte ich mir in meinen kühnsten Träumen nicht mal vorgestellt!?"
Ralf blickte mich an.
"Tja,...- dann fragen sie mich mal!?"

Auf dem Flur schoben sie gerade den Leichnam von Rudi in den Obduktionssaal.
Wir blickten ihnen hinterher.

Als der Polizist gegangen war stand der Doktor auf.
"Geralt, -ich weiß über dich Bescheid!
Und ich habs dir ja schon gesagt! Solltest du in irgendwas Hilfe brauchen, dann melde dich bei mir!"

"Danke, -mach ich!", es wunderte mich nicht, -und das war jetzt eine ehrliche Antwort.

Er nahm zwei Becher vom Sideboard.
"Ich hab euch noch was vorbereitet. Ich denk ihr könnt nen Cocktail vertragen!?"
"Kann man den Fusel irgendwo kaufen?"
Wir leerten die Becher mit einem Schluck.
"Ich möchte zu Birgit!?",
-ich blickte den Arzt fragend an.
"Später! -Ich habe ihr wieder was zum Schlafen gegeben. Aber es geht ihr gut! Er hat ihr nichts getan. Ihr seid rechtzeitig gekommen!"
Er schüttelte uns die Hände.

"Ihre Eltern und eure Mutter werden auch bald da sein."
Natürlich hatte man sie verständigt!

97 ("Unsolid Ground" - IQ)

Es war jetzt früh am Morgen und wurde langsam hell.
Wir gingen nach draußen.

Jede Bewegung tat weh.
Die kalte Luft brannte in den Wunden.
Ralf drehte eine.
"Das passt jetzt zum Cocktail."
Wir lachten uns trotz der Schmerzen an.
Dann saßen wir sehr lange einfach nur nebeneinander und rauchten.

Ein Auto fuhr auf den Parkplatz und Birgits Eltern stiegen aus.
"Jetzt wird's noch mal spannend!?". -Ralf.
Als sie die drei Steinstufen hoch kamen stand ich auf.
Aber sie nickten mir nur kurz zu und eilten hinein.

"Hhm!"
Ich nahm von Ralf die Kippe und zog.

Gleich darauf rauschte unsere Mutter auf den Platz.
Im Laufschritt kam sie auf uns zu.
Wir standen beide auf.
Sie blickte uns eine Zeit lang an und schüttelte dabei immer wieder den Kopf..
"Eigentlich will ich`s ja gar nicht wissen!? -Aber, ...aber!?"
Sie schnappte nach Luft.
Dann holte sie aus und knallte Ralf eine heftige Ohrfeige.
Verwundert schaute der sie an.
Ihre Finger zeichneten sich schnell auf seiner kalten Wange ab.

"Was glaubst du denn? Denkst du ich mach Spaß wenn ich zu dir sage dass du auf ihn aufpassen sollst!? -Nein, -nein!
-Was macht der Herr??? ...-er hilft ihm auch noch!!!"
Sie war etwas mehr als aufgebracht und schimpfte weiter.
Ralf war zwar etwas brüskiert, -aber er ließ sie schimpfen.

Schließlich blickte er mich an.
"Ich glaub` so ein Cocktail würd ihr jetzt auch gut tun!?"
Dann lachten wir sie an.

98 ("Tom Sawyer" - Rush)

Wir waren total durchgefroren als wir nach drinnen gingen.
-Aber wir spürten es nicht!

Birgits Eltern standen mit Dr. Fahrenschon auf dem Flur und sie unterhielten sich angeregt.
Immer wieder fiel auch mein Name.
Ich konnte es hören.
Sie schüttelten sich die Hände und der Doktor kam zu uns.
"Geralt, -Birgit möchte dich jetzt sehen."
Er nickte mir zu und wandte sich dann an Ma.

"Sag liebe Grüße, Großer!"
-Ralf.

"Mach ich!"

Ich musste an Birgits Eltern vorbei, blieb aber vor ihnen stehen.
Ihre Blicke schweiften über meine Verletzungen und Fr. Ziegler wirkte
erschrocken.

Reumütig aber trotzdem stolz blickte ich sie an.
"Es tut mir sehr leid dass ich sie belogen, -und ihnen wieder
Schwierigkeiten bereitet habe!
Ich wollte niemals dass Birgit etwas passiert, oder ihr weh getan wird!!!
Sie haben Recht wenn sie mich nicht mehr sehen möchten, denn ich
habe an allem Schuld!
Ich weiß das es kein Trost für sie ist, - aber ich möchte mich dafür
aufrichtig bei ihnen entschuldigen!?"

Ich streckte ihnen meine Hand entgegen.
Birgits Vater blickte mir fest in die Augen.
- (…hoffentlich leuchten sie jetzt nicht???).
Er erwiderte meinen Handschlag und sagte dann:

"Hab`s dir doch schon gesagt.
-Darfst Werner zu mir sagen!"

99 ("Dancing with eternal Glory" - Transatlantic)

Leise trat ich ins Zimmer.

Das Rückenteil des Bettes war hochgeklappt und sie lehnte gegen ein
dickes Kissen.
Sie hielt eine Tasse in der Hand und es roch nach Tee.
-Kamille.

Ohne etwas zu sagen legte ich mich neben sie.

Nach etlichen Minuten suchte sie meinen Blick.
Ein leichter Glanz lag in ihren Augen.

Eine Frage formulierte sich in ihr.

Ich richtete mich sehr langsam auf und nahm ihr Gesicht in meine
Hände und nickte
.
"Ja, -es ist endgültig vorbei!"

"Dein Amulett hat mich beschützt!"
Ich nickte wieder.

Meine Hände tasteten über die Kette an ihrem Hals, dann nach unten
und legten sich leicht auf ihren Bauch.
Sanft streichelte ich ihn.

"Und nun?", sie fragte es mit leiser aber wieder fester Stimme.

"Hhm?,
-Lass uns komplett neu beginnen!
-Ohne Geheimnisse, -ohne Lügen und ohne Vorhaltungen?"

Sie schnaufte hörbar ein.
"Ja, -das ist gut!"

Lange lagen wir uns gegenüber.

"Hey, -ich bin Birgit."
Sie lächelte mich leicht an.

"Auch Hey. -ich bin Geralt!",
Ich lächelte zurück.

Ihr Blick musterte mich von oben bis unten.

"…und wie du wieder aussiehst!?"

Liebe Leserin, -lieber Leser.

-Wer weiß wie das aufregende Leben von Birgit und Geralt, -sowie den anderen Protagonisten dieser Geschichte weitergeht???

-Wenn Du es wissen möchtest, dann schreib mir eine Rezession zu diesem Buch auf BoD .de,
-oder sende mir eine Nachricht auf meiner Facebook-Seite.

Vielleicht habe ich es geschafft, Dir ein paar vergnügliche, spannende Stunden zu bereiten und Dich etwas vom Alltagsleben zu entführen!?

Vielen Dank dafür, -dass Du es gelesen hast!

Gerold.